DISPERSÃO E MEMÓRIA NO QUOTIDIANO

DISPERSÃO E MEMÓRIA NO QUOTIDIANO
Maria Augusta Bastos de Mattos

Martins Fontes
São Paulo 1998

*Copyright © Livraria Martins Fontes Editora Ltda.,
São Paulo, 1998, para a presente edição.*

1ª edição
agosto de 1998

Preparação do original
Vadim Valentinovitch Nikitin
Revisão gráfica
*Ivete Batista dos Santos
Celia Regina Camargo*
Produção gráfica
Geraldo Alves
Paginação/Fotolitos
Studio 3 Desenvolvimento Editorial (6957-7653)

Dados Internacionais de Catalogação na Publicação (CIP)
(Câmara Brasileira do Livro, SP, Brasil)

Mattos, Maria Augusta
  Dispersão e memória no quotidiano / Maria Augusta Bastos de Mattos. – São Paulo : Martins Fontes, 1998. – (Texto e linguagem)

Bibliografia.
ISBN 85-336-0898-5

1. Conversação 2. História social 3. Linguagem e línguas 4. Lingüística I. Título. II. Série.

98-2659   CDD-410.9

Índices para catálogo sistemático:
1. Conversação : Lingüística : História social   410.9
2. Linguagem : Lingüística : História social   410.9

Todos os direitos para a língua portuguesa reservados à
Livraria Martins Fontes Editora Ltda.
*Rua Conselheiro Ramalho, 330/340
01325-000 São Paulo SP Brasil
Tel. (011) 239-3677 Fax (011) 3105-6867
e-mail: info@martinsfontes.com
http://www.martinsfontes.com*

Índice

Apresentação **IX**
Introdução **XVII**

Capítulo 1 Discurso do quotidiano: definição e abordagens *1*
   O discurso oral *1*
   A enunciação *4*
   Reflexões acerca da noção de tema *9*
   O discurso social *12*

Capítulo 2 A conversa na sociedade *15*
   Função social *16*
   Situação, conversa e discurso *22*
   A história da conversa *30*

Capítulo 3 A prática social *39*

Capítulo 4 A construção do quotidiano *51*
   Os atos de fala *51*
   A construção da conversa *66*
   A construção da familiaridade *76*

Conclusão **81**
    O percurso **81**
    Revisões teóricas **84**
    A conversa e o social **85**
    Considerações finais **88**

Notas **93**
Bibliografia **97**

A Daniel Bastos de Mattos,
no dia-a-dia de nossa memória.
Para Virgínia e Carlos Mattos
e para E. Cavalli, reconhecidamente.

Apresentação*

Nesta explanação de meu trabalho gostaria de falar mais sobre como surgiu meu interesse pela linguagem do dia-a-dia. Faço isso porque acredito que um estudo nunca está desligado de uma percepção e de um interesse que nos acompanham pela vida.

Assim, quando penso que hoje concluo um estudo sobre o discurso do quotidiano, necessariamente me vêm à mente evidências desse meu interesse, que remontam à minha infância.

Desde pequena, eu notava em casa dois tipos de conversa: um mais "intelectualizado" e outro mais "corriqueiro". O primeiro tipo de conversa era o que eu notava entre meus pais e amigos, principalmente professores do Ginásio de Capivari e alguns – digamos – intelectuais da cidade: aí discutia-se o Golpe de 64, falava-se sobre as perseguições que estava sofrendo Dom Pedro Casaldáliga, comentava-se o último artigo de Júlio Ta-

---

* Trata-se da transcrição do texto exposto no dia da apresentação deste trabalho como tese de doutoramento na Universidade Estadual de Campinas.

vares no *Jornal do Brasil*, estudava-se a genealogia das famílias paulistas do vale do Paraíba, criticava-se Gustavo Corção, comentava-se a visita das netas de Júlio Ribeiro – o autor de *A carne* – a Capivari – e coisas do gênero.

O segundo tipo de conversa que ouvíamos tinha como protagonistas nós, os vizinhos, algumas senhoras que nos visitavam quase que quotidianamente trazendo-nos pratinhos de doces e levando, em troca, folhas de taioba de nosso quintal, crianças que vinham brincar conosco, a senhora que vendia ovos, a outra que, para desespero de alguns de nós, fornecia-nos bucho a cada quinze dias, mães de alunos que tinham aulas particulares com meu irmão, etc.

Naquele tempo, o que eu podia notar de diferença entre as conversas referia-se à escolha dos temas, pois o segundo tipo de conversa pertencia a outro universo: girava sempre em torno do preço crescente do tomate, da dor nas costas advinda do excesso de trabalhos domésticos, das proezas dos netos, etc.

Para mim, naquele momento, não só a diferença estava apenas nos temas das conversas como também eu supunha que apenas o segundo tipo de conversa, aquele menos intelectualizado, é que fosse uma conversa coloquial do quotidiano.

Entrariam, então, nesse meu conceito rudimentar de discurso do quotidiano essas conversas "não engajadas", que se dão no interior das casas, nos portões dos vizinhos, em salões de cabeleireiros, em paradas de ônibus, em filas de banco – enfim, nessas situações em que conhecidos ou desconhecidos tentam matar o tempo (conversando).

Essa minha percepção primeira, banal, não me satisfazia por completo: eu desconfiava que, no fundo, não houvesse diferença nos *mecanismos* de um tipo de conversa e de outro.

O que fui percebendo é que os dois tipos que eu ouvia no decorrer de minha infância sustentavam o nosso quotidiano. Fui percebendo que a diferença que havia era entre esses dois tipos de conversa (que hoje, para mim, são ambos *discursos do quotidiano*) e manifestações de linguagem que se dão dentro de uma instituição (escola, igreja, etc.), controladas por suas normas.

Quando, mais tarde, dediquei-me à Lingüística, sempre pensei em levar adiante esse objetivo de compreender melhor o funcionamento do discurso do quotidiano, captar sua dimensão, que engloba diferentes tipos de conversa, com diferentes temas, em diferentes situações.

Realizei meu trabalho baseando-me na Análise de Discurso, disciplina que se preocupa em compreender a *produção de sentidos* por sujeitos, marcados social e historicamente. Recorri a teorias da enunciação quanto ao estudo da situação de comunicação que a linguagem estabelece. E, finalmente, amparei-me na Pragmática, especificamente na teoria dos atos de fala, propondo, no entanto, uma visão diferente, já que, a partir da organização dos atos de fala no discurso do quotidiano, fui conseguindo perceber o discurso como *atividade social*, atividade na qual os atos (perguntar, responder, comentar, assentir, prometer, etc.) seriam apenas evidências, reflexos de certas condições em que se dá a conversa.

Minhas questões passaram a ser:

– Como é que se produz quotidianamente o discurso oral coloquial em nossa sociedade?

– Como é que esse discurso é produzido pelo nosso quotidiano?

– A estruturação de nossa sociedade não dependeria do modo específico que ela tem de significar?

Durante meu trabalho vou mostrando que os discursos do quotidiano se reproduzem, alimentam-se e tecem o processo discursivo. Por isso é que eles se repetem. Mas eles não repetem o dia-a-dia monótono, ao contrário do que nos fazem supor à primeira vista.

Pela repetição, que vem a ser a atualização de um sentido memorizado já constituído, o discurso redimensiona o quotidiano.

Fui percebendo que o discurso do quotidiano, por se dar às margens das instituições sociais, não se põe um objetivo normatizado e é por isso que se constitui como *lúdico* e *dispersivo*.

Também percebi que, nas conversas, constrói-se o quotidiano por um *social imaginado* no discurso – e aí se redefine o conceito de *conversa*. A conversa passa a ser aquilo que se estrutura para cumprir funções sociais, ou seja, a conversa se dá também como *ato social*. A principal contribuição para isso vem da própria *situação*, daquilo que nela se realiza socialmente, ou seja, a situação em que se dá a conversa não age como situação física empírica mas como situação *imaginária*.

A conversa, conceito básico para meu estudo, vai se estruturando em discursos, isto é, em *práticas sociais*. E isso se dá pela *retomada de dados* da memória (o pré-construído de Paul Henry) mas também pela *construção* de um *efeito* de memória. A retomada e a construção contribuem para a produção de um efeito de *familiaridade*, de consenso entre os sujeitos, fundamental no discurso do quotidiano.

Se eu me voltar para aquele meu material primeiro de interesse que eram as conversas em casa, eu diria hoje que, no caso daquelas conversas quotidianas mais banais, tomavam-se dados da memória como novidade; no caso das conversas quotidianas mais intelectualizadas, predominantemente se procurava "criar" uma familiaridade entre os interlocutores, construindo-se como memória compartilhada o que era novo.

É evidente que essas duas atitudes não ocorrem assim separadamente mas que qualquer conversa contém seja a transformação do repetido em *novo*, em *acontecimento*, seja a transformação do novo em *repetido*, em *memória*.

É esse o traço característico da conversa: o percurso circular entre o novo e o repetido, o outro e o mesmo, a dispersão e a memória.

O que é surpreendente no discurso do quotidiano é que seu caráter de transformação advém da própria repetição.

É interessante observar como o discurso do quotidiano não "se afoga" na repetição, pois o sujeito, ao conversar, redimensiona a memória (que é lingüística) e o velho (que é discursivo). O sujeito alia, então, os fatos sobre os quais irá versar com o saber-conversar, aquilo que chamei no meu trabalho de *história da conversa*, que não é apreendida institucionalmente mas normatizada socialmente.

É como se ocorresse, na conversa, um engate dado pela memória e um desengate provocado pela história da conversa.

A própria etimologia da palavra conversa já nos dá a pista para seu percurso: *conversar* é conviver, é encontrar-se habitualmente no mesmo local mas é também – acepção que remonta pelo menos ao século XV – converter, ou seja, fazer passar de um estado a outro. A força dinâmica do quotidiano vem justamente dessa conversão: pela repetição "transforma-se em novo o retorno do evento", usando as palavras de Michel Foucault.

Assim é que, alimentada pelo quotidiano, a história da conversa constrói o relacionamento do dia-a-dia. Assim se constrói o efeito do quotidiano pela linguagem.

E agora, no final desta explanação, só me resta dizer que a *conversa* tem de ser estudada de uma maneira diferente do estudo do *texto*, pois há, na conversa, uma força peculiar da situação, diferente daquela que lhe é atribuída por teorias textuais.

Daí que uma Análise do Discurso do Quotidiano se diferencie, nesse momento, na sua busca de um modelo que leve em conta o *acontecimento* e não a estrutura, como diria Pêcheux.

A Análise do Discurso do Quotidiano deverá dar conta de um tipo de discurso que mantém traços de oralidade e que é sustentado e produzido pelo senso comum.

É bem verdade que o discurso do quotidiano traz resquícios de autoritarismo, moralismo, didatismo, cientificidade – traços do universo das instituições sociais –, mas o sujeito do saber quotidiano preserva sua dimensão própria, respondendo pela *significação* e, portanto, pela *constituição* do social.

A conversa se permite e se coloca como objeto de descrição e de interpretação justamente por seguir uma "normatividade" do senso comum, um real não logicamente estável.

Pela conversa vai-se permitir ao senso comum que se sustente sobre aquilo que se inscreve como memória do nosso dizer.

E aí está a reflexividade da *conversa*: sustentar-se pelo senso comum e, num processo simultâneo, alimentá-lo *discursivamente*.

Introdução

Com a análise do discurso do quotidiano em diversas situações de uso, pretendemos determinar suas características e o modo pelo qual se dá sua organização. Partimos da concepção empírica de discurso do quotidiano como aquele que não se enquadra em nenhuma situação institucionalizada de ordem ou de ensino e em nenhuma situação de tema relativo a profissão. A partir daí, procuramos obter um material para análise que abarcasse vários tipos de situações "quotidianas": situações de trânsito (em ruas, paradas de ônibus, interior de coletivos, etc.), situações de compra (em lojas, feiras livres, bancas de jornal, etc.), de prestação de serviço (em bancos, postos de gasolina, costureiras, cabeleireiros, imobiliárias, etc.), situações sociais (em bares, restaurantes, parques, reuniões informais, intervalos de serviço, etc.), situações caseiras e situações de aglomeração urbana (em torno de acidentes, em jogos, comícios, solenidades, etc.).

Em nossa pesquisa, a Análise do Discurso – cuja preocupação é a de compreender a produção de sentidos por sujeitos em condições sócio-históricas determinadas – dará lugar significativo à teoria da enunciação, da qual destacamos o interesse na situação de comunicação estabelecida pela linguagem, e que observaremos enquanto formulação quotidiana.

Não desconhecemos que a busca da relação entre o enunciado e a enunciação, desenvolvida por algumas teorias da enunciação, distingue-se da metodologia pela qual a Análise do Discurso lida com a exterioridade que envolve a linguagem. Podemos observar essa divergência no fato de que a Análise do Discurso considera que a relação entre o lingüístico e o social é imanente, ou seja, que as condições de produção são constitutivas do discurso, enquanto as teorias da enunciação enfatizam predominantemente as relações intersubjetivas, não considerando aspectos sócio-históricos e ideológicos mais gerais. Assim, pode-se dizer que, para as teorias da enunciação, o foco é o que chamaríamos de microcontexto das relações intersubjetivas, enquanto, para a Análise do Discurso, o ângulo de abrangência é maior, pois ela não trata apenas da apropriação individual da linguagem mas também da forma social dessa apropriação, levando em conta, portanto, o macrocontexto.

Há, porém, uma contribuição específica e fundamental das teorias da enunciação para a Análise do Discurso no que se refere à observação da relação entre o formal e o funcional, em situações de fala determinadas – e é essa a visão que procuraremos incorporar em nossa análise. Aqui vale ressaltar que não se trata de mera aplicação dessa teoria mas de entender que há um lugar para ela no próprio quadro epistemológico da Análise do Discurso, segundo a concepção que nos é apresentada por Michel Pêcheux e Catherine Fuchs[1]. Três regiões do conhecimento científico, atravessadas por uma teoria da subjetividade, se articulariam: a teoria das formações sociais e de suas transformações (incluindo-se aí a teoria das ideologias), uma teoria dos mecanismos sintáticos e dos processos de enunciação (a Lingüística) e uma teoria da determinação histórica dos processos de significação (a teoria do discurso). Concebemos, a partir de Pêcheux, que a teoria da enunciação faz parte de um trabalho crítico de análise que propõe a enunciação não como um simples sistema de operações mas como o reflexo da ilusão do sujeito enunciador de ser a fonte portadora de escolha, intenções e decisões.

Além das teorias da enunciação, também contribui para nosso estudo a teoria dos atos de fala, já que uma presença característica desses atos na organização do discurso do quotidiano vai ser um dos elementos que podem nos encaminhar à compreensão do discurso como atividade social.

Capítulo 1 **Discurso do quotidiano: definição e abordagens**

Neste primeiro capítulo, gostaríamos de apresentar conceitos que giram em torno do discurso do quotidiano na perspectiva da Análise do Discurso e em outras teorias, tais como: Pragmática, Teoria da Conversação, Semântica Argumentativa, Etnografia da Fala, etc.

Para tanto, procuraremos mostrar como as noções de discurso oral, enunciação, tema e discurso social – noções que elegemos básicas para compreender o discurso do quotidiano – têm sido abordadas nas disciplinas lingüísticas voltadas para a relação entre o lingüístico e o social e, especialmente, como vêm sendo tratadas pela Análise do Discurso. Por fim, procuraremos mostrar como iremos utilizar ou redefinir tais conceitos em nosso estudo particular sobre o discurso oral quotidiano.

O discurso oral

O discurso oral dialogado tem sido objeto de muitos estudos, com enfoque especial na progressão do assunto em pauta, no processamento da informação no interior de uma unidade discursiva.

Tomam-se geralmente como características do discurso oral aspectos relativos à organização da informação e à apresentação formal da unidade discursiva. Quanto à organização comunicativa, o fluxo informacional pode ser contínuo ou descontínuo (produzindo, neste último caso, ou um ritmo mais lento da fluência ou mesmo uma ruptura da progressão). Toma-se a descontinuidade como um dos traços que caracterizam sobretudo o discurso oral dialogado, mais ainda que outros tipos de discurso oral.

O diálogo seria, então, uma produção bem pouco ou mesmo nada planejada; além do mais, tenderia a explicitar os procedimentos envolvidos em sua formação a fim de facilitar a compreensão e garantir a interação comunicativa, constituindo-se, assim, em um discurso descontínuo. Os sujeitos falantes manifestariam igualmente, durante o diálogo, a "monitoração" de suas estratégias discursivas.

Duranti e Ochs, levando em consideração o dado situacional e a maior ou menor necessidade de monitoração contínua do discurso, apontam uma tendência da oralidade para o discurso não-planejado (sem reflexões prévias e sem preparação organizativa antecedendo sua enunciação), e uma tendência da escrita para o discurso planejado (pensado e preparado antes de sua enunciação)[1].

A fragmentaridade do discurso oral resultaria, nessa perspectiva, da simultaneidade quase perfeita entre a manifestação verbal e a construção do discurso. Alia-se a isso o fato de que a desarticulação sintática e discursiva do diálogo se deve também ao resultado do uso de estratégias facilitadoras da comunicação. A partir dos postulados conversacionais de Grice, firmam-se regras de uso sobre interrupção voluntária, mudança de planejamento, inserção de uma explicação, correção, etc., que garantiriam ao falante "ser claro", "ser original", "ser verdadeiro", ou seja, procedimentos que lhe garantiriam seguir as "máximas da conversação". Conforme Koch, a desarticulação de construção pode ser explicada por uma compensação pragmática em direção ao sucesso da comunicação[2].

O fundamento dos estudos da conversação como estes citados está na crença de que o sujeito falante domina sua expressão lingüística e tem consciência da eficácia de sua enunciação.

Nas páginas que seguem, gostaríamos de criticar essa posição ao relativizarmos os conceitos de domínio e de consciência comunicativa por parte do sujeito falante. Também constitui uma mudança significativa de ponto de vista a idéia de que a linguagem não está mais fortemente ligada à informação. A linguagem é entendida pela Análise do Discurso como lugar de constituição de identidade, como argumentação, mediação, ação transformadora, ou seja, a interlocução não é mais considerada troca de informações e sim marcada pelo funcionamento discursivo enquanto atividade estruturante que se dá em condições de produção determinadas.

Essa nossa perspectiva não nos impede de acreditar – bem ao contrário, ela mesma nos impulsiona para essa crença – que o discurso oral seja, se não planejável (já que isso foge de nossos pressupostos teóricos), ao menos sistemático. Com essa posição, opomo-nos a Duranti e Ochs, que, no mesmo trabalho, sustentam que a conversa espontânea é, por definição, não planejável mas administrada pouco a pouco, na medida em que o assunto, o modo de dizer e os interlocutores seriam elementos só previsíveis para seqüências bem limitadas. Através de nossa análise dos dados de situações quotidianas de diálogo, veremos que a previsibilidade das conversas se dá num âmbito diverso; em outras palavras, não se trata de uma administração paulatina da conversa por parte do sujeito dependentemente de dados situacionais, mas da inserção dos sujeitos num processo dinâmico que se dá entre o ato de conversar e a situação – conforme definiremos ao longo deste estudo.

A enunciação

Numa teoria do discurso na qual gostaríamos de incluir nosso trabalho, a significação não se encontra no nível de um sujeito psicológica ou socialmente marcado; tampouco o discurso é visto como manifestação de intenções. Uma teoria do discurso prescinde de qualquer psicossociologismo, como também prescinde do positivismo (pelo qual o discurso é estudado em sua distribuição sintagmática) e de todo realismo ingênuo (pelo qual o discurso é tido como espelho do mundo).

Desse modo é oportuno lembrar o que diz Parret sobre discurso e enunciação. Uma teoria do discurso deve ser, segundo ele, uma teoria da instância de enunciação (que é também efeito de enunciado). Entretanto, como nem toda enunciação é enunciada, um efeito de enunciado deve ser reconstruído por um esforço de interpretação, já que ele não está sempre presente no enunciado sob forma de marcadores ou indicadores morfossintáticos ou semânticos-sintáticos. A reconstrução – a descoberta da instância de enunciação – se dá pela transposição de sentidos[3].

Parret nos apresenta, nesse seu trabalho, outros aspectos que nos são úteis para a demarcação de nosso percurso de análise do material lingüístico, e que continuamos a apresentar abaixo.

A enunciação não está empiricamente presente em marcas convencionais, nos diz Parret, criticando Austin por ter reduzido a Pragmática ao nível da enunciação: para este, toda enunciação estaria na performatividade e toda performatividade seria expressa por fórmulas ou por convenções performativas, o que significaria, para toda enunciação, estar na empiria do enunciado. É verdade que há marcas convencionais inventariadas pela gramática, pela teoria dos atos da fala, pela análise da conversação, mas elas seriam apenas a ponta do *iceberg* enunciativo.

Segundo Parret, o interesse pela enunciação deve se localizar em sua dimensão discursiva; portanto, na instância enunciação/efeito de enunciado. A enunciação, para ele, deixa de ser metadiscurso ou metaenunciado (o que se poderia deduzir da afirmação de Greimas de que a enunciação é "logicamente pressuposta" pelo enunciado) para ser péri (ou para) -discurso. Contrariamente às idéias de Austin, a enunciação não está no enunciado (assim como a causa não está na conseqüência), mas o enunciado e a enunciação seriam como o "corpo" e seu suplemento*.

Interessa-nos igualmente a segunda questão importante debatida por Parret ao lado dessa sobre a convencionalidade da enunciação: trata-se da relação entre a enunciação e a significação. Houve uma longa tradição lingüística que pregou a autonomia da Semântica, a sua pureza (Carnap, Greimas e outros). Com a abertura da Semântica para o mundo, afirma Parret, deu-se um passo que, no entanto, manteve marginalizada a enunciação. É o caso dos estudos de Frege de sentido, referência e força: aí, a força (ou tensão de produção) só se associa ao sentido e à referência que respondem, estes sim, pela significação completa e acabada de uma expressão. Também Searle sustenta a autonomia total do conteúdo proposicional quando prega que as condições de conteúdo proposicional de um ato de fala são determinadas por outros tipos de condições. Com raras exceções, as teorias lingüísticas e filosóficas do discurso vão sempre apresentar a enunciação como um excedente *surplus* da significação.

Numa "Pragmática integrada" – é o que propõe Parret –, a enunciação está em toda a parte onde há significação. No entanto, e isso já foi dito, ela não se encontra aí sob forma de uma presença empírica, observável e determinável por metodologias semânticas tra-

---

* Parret emprega o termo *supplément* distinguindo-o de *surplus*: enquanto este último representa aquilo que excede, o que vem por acréscimo, o que é acidental ou arbitrário, *supplément* seria o que se ajunta para constituir um todo, uma unidade. Parret baseia-se na "lógica do suplemento ou da diferença" de Derrida, para quem "o suplemento é uma adição, um significante disponível que se acrescenta para substituir e suprir uma falta do lado do significado e fornecer o excesso de que é preciso" (*Glossário de Derrida*, pp. 88-91).

dicionais. Ela está aí como condição de possibilidade, e portanto como resultado de uma transposição. Para Parret, a Semântica autônoma é uma ilusão, pois pretende estudar os discursos abstraindo suas condições enunciativas de produção, enquanto a enunciação deveria ser vista, ao contrário, como um suplemento básico da significação.

Para dar conta do sentido, então, surgiram outras disciplinas que passaram a levar em conta aspectos até então considerados como externos à significação. São justamente os estudos da linguagem mais voltados para o aspecto social (Sociologia da Linguagem, Sociolingüística e outros) que vão ter a produção social do sentido como seu objeto de interesse. Nesse âmbito, entram questões relacionadas à utilização dos discursos pelos interlocutores e à sua circulação na sociedade. É nesse momento da história dos estudos da linguagem que se entende que fatos de língua e discursos são indissociáveis e que se caminha para as gramáticas e teorias textuais: nelas se estudam conceitos gramaticais relacionados ao discurso (ambigüidade, paráfrase, elipse, seqüencialidade); nelas se abordam discursivamente fatos de língua (anafóricos, determinantes, conectivos em geral).

Quanto à Análise do Discurso, ela vai se interessar não pelos enunciados mas pelo "cotexto" e pelo "intratexto": por cotexto, Guilhaumou e Maldidier entendem não o contexto histórico nem o contexto lingüístico mas os enunciados dispersos num "arquivo" determinado[4]; intratexto é definido como sendo a relação entre as seqüências de enunciados e entre as seqüências e o fio do discurso, tanto no eixo da situação de enunciação quanto no eixo da organização da narrativa[5]. É por levar em conta a materialidade lingüística que a Análise do Discurso vai abrir caminho para a realização de análise de enunciados disseminados que não se referem estritamente ao *corpus* do trabalho. Trabalhando assim, a Análise do Discurso, longe de se preocupar em mostrar o que o texto esconde, quer justamente revelar sua opacidade. Pela Análise do Discurso se percebe que o sentido não é interno à língua (daí sua ruptura com abordagens semânticas tradicionais) e que o texto não deve ser estudado com o intuito de se recuperar o referente, sem se levar em conta sua materialidade lingüística (e daí sua ruptura com leituras puramente referenciais).

Se o sentido não é interno à língua e se as leituras não devem ser estritamente referenciais, deve haver regularidades (discursivas) de organização das produções lingüísticas, as quais compete à Análise do Discurso formular e demonstrar. Afinal, segundo Pêcheux, o saber teórico que preside a escolha dos dados é o mesmo que permite sua interpretação: o que a Análise do Discurso vai fazer é reconstituir os passos do processo discursivo, compreender seu modo de funcionamento. A tarefa da Análise do Discurso não é atribuir um sentido mas expor o leitor à opacidade do texto, segundo Pêcheux. Esse processo, ou seja, a possibilidade de produção de sentido, opõe-se à interpretação, processo que consiste na decisão sobre um sentido, tal como é vista pela Hermenêutica.

Em nosso caso particular, compreender o funcionamento do processo discursivo da oralidade quotidiana implicará formular as regularidades em seus três aspectos: enunciativo, lingüístico e discursivo.

Reflexões acerca da noção de tema

A noção de tema que nos vem através de estudos lingüísticos textuais ganha, com a perspectiva discursiva de J. M. Marandin, uma nova dimensão. Esse autor apresenta-nos, num estudo acerca da narrativa, noções que necessariamente estão implicadas na definição de tema discursivo, já que o tema, segundo ele, não se define por si[6]. Seriam estas as noções que ele aponta:

a) a primitiva, de ser a propósito de algo;
b) a idéia de que uma informação é comunicada a propósito de algo;
c) a idéia de coerência, de seqüencialidade;
d) a idéia de importância, de relevância de um objeto ou de um sujeito na consciência de um locutor ou em seu discurso;
e) a idéia de ponto de vista a respeito de algo;
f) a idéia de limitação de um domínio de discurso e de pertinência a ele.

Suas reflexões contribuem para alargar a visão de tema que nos é dada pelas teorias textuais. Marandin afirma que a *compreensão temática* é um processo de reorganização do mundo, um rearranjo dos objetos. Não se trata de acrescentar algo às estruturas lingüísticas dos enunciados mas de fazer uma projeção interpretativa a partir de um ponto. A *tematização*, para ele, seria o estabelecimento de um estado do mundo narrado. Sendo o sentido do texto provavelmente inesgotável e certamente plural, sua compreensão se marca pelo corte que fazemos nele a fim de constituí-lo como um mundo textual. O *tema*, por conseguinte, é produzido no próprio processo que ele supostamente controla, não estando já inscrito materialmente nos enunciados que o compõem. Assim, a questão "De que X está falando?" comporta-se diferentemente para um enunciado ou para um texto: o tema discursivo, para ser conceituado, deve deixar de ser uma mera projeção da noção intuitiva de tema e se destacar do nível do enunciado. Uma conceituação de tema discursivo exigirá o desmembramento das descrições lingüística, pragmática e textual.

Para nosso estudo, não é suficiente o tipo de abordagem realizado pela Análise da Conversação, pois seu foco não ultrapassa o indivíduo em seu processo de apropriação da linguagem, não leva em conta que isso se dá socialmente. Mesmo análises de discurso como a anglo-saxã são análises de tipo conversacional que constituem uma reflexão sobre a conversação e em função dela, a partir de três domínios: a questão dos atos da fala e do implícito lingüístico; a questão da argumentação na língua; a Análise do Discurso no sentido funcional[7]. No primeiro domínio, interessam os procedimentos de implicitação e de orientação do discurso; no segundo, as estratégias que visam à persuasão; no terceiro domínio, o da análise, importa que a teoria da argumentação seja de fenômenos provenientes de discursos "autênticos", ou melhor, de uma argumentação "adquirida conversacionalmente". Daí que a Análise Pragmática da Conversação seja levada a efeito sob dois ângulos:

a) estático: visão que produz uma análise estrutural e funcional, isto é, que dá ao discurso uma forma caracterizada por relações lineares ou hierárquicas entre constituintes e uma interpretação desses constituintes em termos de funções ilocutórias e interativas;

b) dinâmico: visão que examina as relações entre constituintes em termos de sua capacidade de fechar ou de prosseguir a interação.

Podemos observar que mesmo trabalhos como o de Moeschler e os dos demais membros do grupo de Genebra inscrevem-se numa Pragmática do Discurso correspondente a um certo tipo de Análise da Conversação que busca as relações entre fatos argumentativos inscritos na língua e fatos conversacionais.

A linha da Análise do Discurso na qual se insere nosso trabalho, a linha francesa, busca o entremeio, a contramão, procurando trabalhar sobre o que, não dito, revela (e significa) e, principalmente, sobre o que, dito, não revela (mas significa). Conseqüentemente, para nós, o que interessa não é o tema mas o *saber*, no sentido que nos é dado por Michel Foucault: "aquilo de que podemos falar em uma prática discursiva"; "o campo de coordenação e subordinação dos enunciados em que os conceitos aparecem, se definem, se aplicam e se transformam"; e também: "o espaço em que o sujeito pode tomar posição para falar dos objetos de que se ocupa em seu discurso"[8].

Para nós, não seria um corte temático que iria definir o tema discursivo mas sim o domínio de um saber, no caso, o *saber* sobre o *quotidiano*. Diz ainda o próprio Foucault: "Há saberes que são independentes das ciências (que não são nem seu esboço histórico nem o avesso vivido). Mas não há um saber sem uma prática discursiva definida, e toda prática discursiva pode definir-se pelo saber que ela forma."[9]

O discurso social

Uma questão já tratada pela Análise do Discurso é a de haver ou não, numa sociedade, regularidades discursivas que organizariam as produções de discursos. Angenot, apoiando-se em Bourdier, crê que a hegemonia discursiva seria uma dominação discursiva sob a forma de ideologia dominante e sob a forma dos gêneros e das retóricas legítimas, mas uma "forma doce" de dominação: haveria um discurso social que, por assim dizer, "sublimaria" as contradições hierárquicas da nossa sociedade[10]. Segundo o autor, o discurso social é "tudo o que se diz, tudo o que se escreve num dado estado da sociedade"; seria "o narrável e o argumentável numa dada sociedade". Nessa sua primeira conceptualização de discurso social, Angenot aponta para a proximidade com o conceito gramsciano de "mundo cultural existente" ou mesmo com um dos sentidos de ideologia, a saber, "conjunto da matéria ideológica própria a uma dada sociedade em um dado momento de seu desenvolvimento".

Afinando melhor o conceito, Angenot afirma que o discurso social não se refere apenas a fatos da coletividade mas também à *produção social* da individualidade, da opinião dita pessoal, da criatividade dita individual; o discurso social englobaria lugares-comuns e opiniões distintas, doutrinas comuns e dissidências regradas, a "doxa" e os paradoxos que ela traz em si. Para tanto, o discurso social se constituiria em "regras discursivas e tópicas que organizariam tudo isso [o variável e o argumentável] sem jamais se enunciar a si mesmas"; seria "o conjunto – não necessariamente sistêmico nem funcional – do dizível, dos discursos instituídos e dos temas munidos de aceitabilidade e de capacidade de migração em um dado momento histórico de uma sociedade".

É desse modo que Angenot chega a afirmar que "não são os escritores que 'fazem o discurso' mas os discursos que os fazem".

Com nosso trabalho, gostaríamos de observar de maneira particular o modo pelo qual se produz quotidianamente o discurso oral coloquial em nossa sociedade; gostaríamos de observar como ele é produzido pelo quotidiano. E, afinal, queremos chegar a afirmar algo sobre a estruturação da sociedade por causa do modo específico que ela tem de significar.

Vistos, então, alguns aspectos envolvidos na delimitação do discurso do quotidiano conforme tratados nos campos específicos, procuramos mostrar como serão pensados neste estudo:

a) o discurso oral: sua definição será revista, com o intuito de exibirmos, por um lado, sua previsibilidade e de relativizarmos, por outro, o domínio e a consciência que o sujeito falante teria dele;

b) a enunciação: sua abordagem será feita discursivamente, ou seja, buscaremos seu sentido ao reconstruirmos os passos do processo discursivo;

c) o tema: perderá, na verdade, seu lugar para o conceito de saber (dado por Foucault);

d) o discurso social: no discurso oral de que tratamos, ele é produzido pelo quotidiano e age na própria estruturação da sociedade.

O próximo capítulo iniciará abordando este último item, já levando em consideração as relativizações e observações feitas a respeito dos demais.

Capítulo 2 A conversa na sociedade

Para que existe a conversa quotidiana na sociedade? Que objetivos ela tem?

Para iniciarmos nosso estudo, partimos da hipótese de que a conversa na sociedade, a conversa quotidiana, existe para manter em funcionamento as relações interpessoais, isto é, ela não se dá "em vão", mas para estabelecer, conservar e transformar relações entre amigos, parentes, fregueses, conhecidos, desconhecidos. Não sendo a conversa quotidiana sustentada por uma instituição formal, ela manifestará marcas do relacionamento, que, por sua vez, traz em si um pouco das instituições sociais em que os interlocutores se representam como povo, estudante, pai, filho, padre, pastor, comerciante, etc. A conversa, a fim de manter as relações entre os interlocutores, exibirá índices de poder, didatismo, demagogia, superstição, misticismo, camaradagem, etc.

É na realidade social que se centra a conversa quotidiana, e, dessa forma, uma larga dimensão do social que vai se constituindo às margens das instituições sociais se instala como base de uma situação que não se enquadra inteiramente em nenhuma instituição social formalizada, ou seja, é fundamentada numa situação marginalizada que se dá a conversa quotidiana.

A conversa na sociedade transita entre as diferentes formas institucionais de discurso: o discurso jurídico, o escolar, o religioso, o político, etc. Por não pertencer exclusivamente a nenhuma das instituições sociais que a sustentam, a conversa no quotidiano da sociedade pode ocorrer sem que haja um objetivo imediato e prático "normatizado".

Algumas das questões que nos colocamos: Como é que a conversa recolhe seus dados e suas estruturas do social? Como é que a conversa acolhe, sem que isso seja inadequado, discursos mais confidenciais ocorrendo em situações de contato passageiro e discursos mais utilitários em situações de contato mais duradouro entre as pessoas?

Função social

Se a conversa quotidiana não se revela como imediatamente utilitária, onde ela encontra suas "regras" de funcionamento? Se não é o fim que a define, como ela se estrutura?

Talvez a conversa quotidiana seja lúdica[1] na medida em que, nela, não há interesse em direcionar o objeto do discurso para fins imediatos (e nisso se opõe à polissemia contida do discurso autoritário); talvez igualmente seja lúdica na medida em que, nela, não importa, no limite, a relação com a referência (e nisso se opõe à disputa pela referência própria do discurso polêmico).

Sabemos que todo discurso mantém uma relação constitutiva com a sua exterioridade, já que, na materialidade do discurso, há a explicitação do modo de existência – existência histórico-social – da linguagem. Ora, no discurso quotidiano, é a *situação* (situação imaginária, quer a pensemos em sua determinação social, histórica ou interacional) o elemento das condições de produção que, perante os demais (referente, interlocutores), constitui a mais significativa relação do discurso com o social.

Poder-se-ia concluir levianamente que, no caso do discurso quotidiano, haveria referência imediata e necessária à situação na qual ele se dá. Devemos observar, entretanto, que, nessa forma de discurso, a situação atua de um modo especial: não pelo espaço físico em que se dá (casa, meio de transporte, comércio, trânsito, aglomeração urbana) mas pelo que, nela, se realiza *socialmente*, seja no espaço de uma casa, com amigos, seja num ônibus, com desconhecidos.

É importante observar aqui que o social de que tratamos na Análise do Discurso é o social discursivo e não o físico, tampouco o sociológico; não estamos aqui nos referindo ao social enquanto característica de uma comunidade ou de um estrato da sociedade. A nossa referência é àquele limite do discurso enquanto forma lingüística e prática social.

Podemos relacionar essa noção de social discursivo à de *dêixis discursiva* proposta por Maingueneau[2].

Para o autor, a dêixis discursiva dá as coordenadas espaço-temporais implicadas num ato de enunciação. A dêixis discursiva, por sua enunciação, constrói no nível do universo do sentido uma formação discursiva. Seria o trinômio eu-aqui-agora discursivo; seria o social projetado imaginariamente no discurso.

Desse modo, mesclando à nossa a terminologia de Maingueneau, poderíamos dizer que a situação social dos interlocutores de um discurso do quotidiano é instaurada pela dêixis discursiva e não por aspectos sociais tais como os concebe a Sociologia.

Agindo, pois, a situação de um modo todo peculiar no discurso do quotidiano, esse tipo de discurso, mais do que os outros, não deve ser analisado através de atos de linguagem, mas sim através de *atos sociais* (não sociológica mas discursivamente definidos como acima).

Pela nossa perspectiva, numa conversa quotidiana realizam-se atos sociais e não atos de linguagem, tanto que a realização de um diálogo quotidiano não implicaria questões acerca de informações dadas, de promessas feitas, de decisões tomadas (questões deste gênero: Alguém obteve uma informação? Alguém convenceu um outro? Foi feita alguma promessa?). A realização de um diálogo quotidiano provocaria questões como: Alguém brigou? Alguém brincou? O tempo passou? – e é a isso que denominamos *atos sociais*. Cabe lembrar aqui que Maingueneau, dentro do quadro teórico da Análise do Discurso, vai trabalhar com *práticas discursivas*, deixando de lado o que seria um estudo do discurso separado das instituições que tornam possível sua produção[3]. Em sua exposição, o autor tematiza um percurso que começa na noção de discurso dentro de um espaço institucional neutro (na medida em que não teria intervenção alguma na discursividade) e estável (enquanto invariável de um discurso a outro); constata que a passagem de um discurso a outro não se dá sem mudanças na estrutura e no funcionamento dos grupos produtores desses discursos, o que faz o autor chegar à articulação do discurso com a instituição e à percepção de que, numa enunciação, funcionariam simultaneamente o texto, a instituição que o sustenta e o mundo; e finalmente, através dos conceitos de "intertexto", "vocação enunciativa" e "competência discursiva", Maingueneau chega a propor a intricação semântica necessária entre aspectos textuais e não textuais, já que não haveria nada exterior ao discurso na sua enunciação.

Essas suas considerações levam-no ao conceito de *prática discursiva* emprestado de M. Foucault, que o define como o sistema das relações que estão no limite do discurso (isto é, não estão nem na sua exterioridade, que seria situacional, nem na sua interioridade, que seria textual), determinando a rede de relações que o discurso deve efetuar para caracterizá-lo exatamente como prática[4]. Maingueneau vai justamente usar esse conceito para que a análise não corra o risco de "dissociar os componentes de uma inscrição social e semântica polimórfica, destinada a estruturar a complexidade de uma relação com o mundo por uma coletividade, real ou virtual"[5].

Devemos considerar exemplar o que Foucault nos ensina acerca da especificidade do material de análise: são objetos relacionados ao conjunto de regras que os formam enquanto objeto de um discurso. Assim, o objetivo é "fazer a história dos objetos discursivos (...) que desenvolva o nexo das regularidades que regem sua dispersão"[6].

Se devemos analisar "práticas discursivas", temos de considerar suas duas vertentes: a social e a textual – é o que propõe Maingueneau ao retomar esse tema em *Nouvelles tendances en analyse du discours*. É isso o que faremos neste trabalho para darmos conta daquilo que, em oposição a atos de linguagem, batizamos de atos sociais. Devemos nos perguntar especificamente como se dá, na conversa, essa prática discursiva que é o próprio ato social de conversar; devemos nos perguntar como é construída essa prática, esse ato social; e, por fim, como é constituído o quotidiano pela prática discursiva da conversa.

Já afirmamos que o fato de tomarmos como objeto de análise os atos sociais e não os de linguagem se explica por não ser necessário ao discurso do quotidiano ter um objetivo imediato e palpável no nível textual. Isto significa que não importa medir a conversa por seus atos de linguagem ao menos como são tratados convencionalmente pelas teorias de atos de fala. Provavelmente, na vida quotidiana, aquilo que se busca nas conversas é que elas cumpram uma "função social"*, ou seja, estabeleçam uma relação necessária entre os dois lados que constituem toda prática discursiva: o do texto e o do grupo social que se institui com ela.

A função social constitui-se na situação e com ela é que se constitui o sentido. Ela faz parte da situação; não é algo anterior, a delimitar de fora o tipo de conversa; não é, portanto, apriorística.

Se a função social é aquilo que se espera que a conversa quotidiana cumpra, então nós a encontraremos ao se criar um liame entre pessoas desconhecidas, ao se manter a amizade, ao se fazer com que o tempo passe, ao se exibir um confronto entre pessoas, etc.

---

* Usamos aqui o termo "função social" de uma maneira particular, proveniente de nosso trabalho em Análise do Discurso: tratamos aqui daquilo que, sendo social, constitui o discursivo.

Mas como é que se produz no interior da situação a função social? Se ela não é exterior nem anterior à situação, onde e quando ela se formula? Situações semelhantes resultariam sempre em funções sociais semelhantes?

Vejamos uma situação hipotética de conversa que poderá guiar um pouco nossa reflexão sobre a elaboração da função social: o caso em que, numa situação de espera, uma conversa de entretenimento entre dois sujeitos inicialmente desconhecidos entre si passasse a ser uma conversa mais envolvente, mais íntima. Poder-se-ia dizer que teria havido um desvio inadequado no rumo da conversa, mas seria possível também ver nesse caso – e é essa interpretação que nos interessa aqui – o índice de que a situação é que teria se transformado no decorrer da conversa, transformando, ao mesmo tempo, sua função social: ao conversar, os interlocutores criaram uma ligação entre si e, a partir daí, a conversa terá servido para manter e reforçar essa ligação recém-criada.

Queremos mostrar com isso que a situação não determina "de fora" mas faz parte da conversa, e tem uma dinâmica tal a ponto de se modificar no interior da própria conversa; nesse processo dinâmico, ela traz modificações à função social ou, melhor, ela inaugurará nova função social à conversa. Há, assim, uma ligação necessária entre situação e função social: com a instituição de uma situação imaginária, é instituída necessariamente uma função social da qual dará conta um determinado tipo de conversa.

Situação, conversa e discurso

Trabalhamos, para fins de análise, com a seguinte classificação das situações: contato social, contato familiar, contato profissional, contato comercial, espera, serviço e descontração. No entanto, ao gravar o material a ser analisado, a classificação proposta era a das seguintes situações concretas imediatas: trânsito, aglomeração urbana, comércio, prestação de serviço, família e sociedade. A alteração que propusemos, de uma tipologia para outra, ocorreu justamente pela observação de que a situação imaginária e não a física é constitutiva do sentido do quotidiano. Gostaríamos de acrescentar que, embora os dados tenham sido sempre classificados por estereotipia de citações (e não por temas ou pelos sujeitos), a alteração foi importante por abandonarmos as situações físicas para estudarmos as situações imaginárias de representação dos sujeitos.

Cada *situação* (agora: situação de espera, de contato social, de contato comercial, etc.) solicita um tipo de *conversa* específico: conversa para entreter, para reafirmar o contato social, para criar um liame pessoal, etc. – e aqui o termo *conversa* ganha novo estatuto, agora dentro de uma teoria do discurso.

Pela análise pudemos observar que há tipos de conversa que servem para entreter, tipos que servem para criar uma relação pessoal, outros para reafirmar a relação já existente, e assim por diante.

O tipo de conversa proviria da *disposição*, produzida pela função social daquela situação específica em que estão imersos os sujeitos. Por sua vez, a conversa seria o "moto" dos discursos, aquilo que está entre a disposição para cumprir determinada função social e o *pretexto* de realizar isso em discursos.

O movimento da relação social que é a base da conversa quotidiana poderia ser assim sistematizado, levando em consideração os termos propostos:

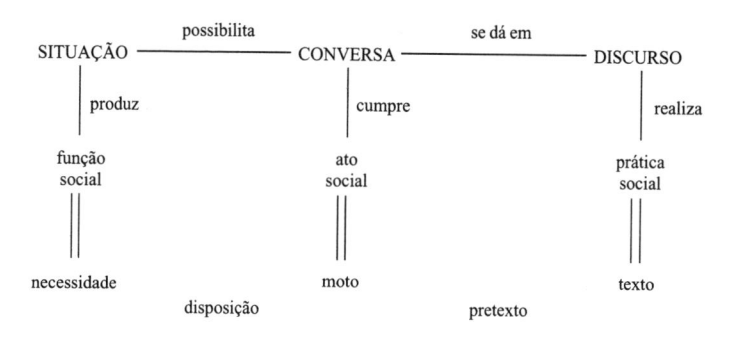

```
              possibilita              se dá em
SITUAÇÃO ─────────────── CONVERSA ─────────────── DISCURSO
   │                        │                        │
 produz                   cumpre                   realiza

 função                    ato                     prática
 social                   social                    social
   ‖                        ‖                        ‖
necessidade                moto                     texto
            disposição             pretexto
```

Todo o movimento de um sujeito em direção ao outro, esse movimento para se relacionar, começando pela necessidade, passando pelo "moto" e chegando ao texto é regido, em primeiro lugar, pela função social.

Assim, os discursos teriam sua realização determinada em primeira instância pela função social instalada por uma situação. Afinal, se consideramos que a situação estereotipada serve para reclassificar os dados é porque nossa hipótese é a de que é ela (e não os sujeitos ou os temas) que determina o tipo de discurso. Assim, estes seriam classificados segundo as situações, aproximadamente desta maneira:

– casos pessoais (ocorrem em situação X e em situação Y);
– casos de conhecidos (ocorrem em situação X e em situação Z);

– casos relativos à profissão (ocorrem em situação W);
– considerações acerca do tempo (ocorrem em situação X e em situação K).

A função social é que vai atuar na escolha de discursos que preencham a necessidade de sentido de uma dada situação – já afirmamos antes. Não se pode dizer que, numa situação determinada, valha qualquer discurso para preenchê-la. Na realidade, é fundamental aí o papel da função social: é ela que vai mostrar que naquela determinada situação faz-se a exigência de um certo tipo de conversa. A realização do cruzamento destes dois elementos (função social e definição discursiva) será dada através de discursos específicos. Os discursos, então, realizam-se em textos (práticas sociais) cumprindo uma função social (imaginária) e um ato social discursivamente definido.

Numa situação social de espera, por exemplo, a disposição do sujeito é a de entreter (esse é o seu compromisso com a função social da situação); seu pretexto para a realização da conversa é falar, por exemplo, do tempo. Entre uma coisa e outra, entre a vontade e a realização, entre ter a disposição e acionar o pretexto, ele encontrará "modelos" de conversa.

A conversa é, assim, regulada, aliás, auto-regulada: é o próprio ato de conversar que vai provocar um certo tipo de conversa. Podemos até dizer que a conversa é estruturante, pois é ela própria que vai ditar suas regras. No entanto, convém sempre lembrar que, se a conversa é definida discursivamente, sua estruturação não se dá sem o cumprimento de funções sociais. Daí que sua estruturação provenha dos modelos de conversa que as situações sociais institucionalizam.

Modelos de conversa são, então, formas não institucionais mas *institucionalizadas* de conversa. A fim de melhor conceituá-los, remeteremos novamente a Angenot, para quem haveria uma relação de discurso social com a semantização das práticas e dos usos (isto é, as práticas só significam porque sua identidade resulta de uma classificação socialmente válida e diferencial e, daí, a multiplicidade das práticas e de "mentalidades") e com a constituição de *habitus*[7]. Este termo é tomado de empréstimo a Bourdier, para quem significa um "sistema de disposições duráveis, transponíveis, que integra todas as experiências passadas e que funciona a cada momento como uma matriz de percepções, apreciações e de ações e que torna possível a realização de tarefas infinitamente diferenciadas"[8]. *Habitus*, conceito entendido então como um "esquema gerador de práticas distintas e distintivas", funciona como uma matriz inconsciente de um código e a inscrição de uma semântica identificante.

É também nessa perspectiva que concebemos o modelo de conversa: uma matriz dos discursos coloquiais, efeito de sentido entre interlocutores, social e historicamente marcada pelo quotidiano.

Vimos então que o tipo de disposição resulta da função social; o tipo de conversa, do modelo de conversa. E os diversos tipos de discurso, de onde vêm eles? E como se dá sua produção?

É a situação, com a função social que traz consigo, que vai, em princípio, delimitar o discurso. Uma restrição se impõe aí necessariamente: não é através de qualquer discurso que se realiza a função social.

Mas convém assinalar que a delimitação imposta pela situação ao discurso não é a que ordinariamente se é levado a supor que seja: não ocorre que, no discurso do quotidiano, se fale muito do tempo, da dor que se sente no momento, do aniversário do filho que se realizará em uma semana, das eleições que se aproximam. A situação age de fato, mas de uma maneira diversa: menos determinante pois não é ela necessariamente o *assunto* daquele discurso; mas, por outro lado, de uma maneira mais ativa se pensarmos que ela impõe limites ao *tipo de conversa* e, como conseqüência necessária, à prática social, espaço das regularidades enunciativas.

Afinal, a atualização do discurso ultrapassa a dêixis imediata instituída por um enunciador contingente, para se pressupor uma dêixis discursiva. Deixemos bem esclarecido que com dêixis discursiva referimo-nos, como Maingueneau, não à atualização de uma forma discursiva a partir de um sujeito, de um espaço e de uma conjuntura histórica definidos objetivamente do exterior; a dêixis discursiva de fato pressupõe e ao mesmo tempo produz, por sua enunciação, uma cenografia, a que denominamos "situação social".

Ao contrário do que se afirma na Análise da Conversação, pode-se notar que a situação atua na realização das conversas não pela presença de dêiticos ou pela referência expressa a elementos situacionais. A "presença" da situação, nas conversas quotidianas, deve ser medida pela natureza da relação daquele discurso com aquela situação, ou seja, não se nota a situação através de marcas formais mas através da representação, pelo discurso, do papel que ela imprime à conversa. Dito de outra forma, a situação está presente ao estabelecer a necessidade da "função social", ao se representar efetivamente na conversa, pelo discurso.

Assim, não convém ao analista da linguagem usar métodos tradicionais para avaliar a presença ou ausência da situação em uma conversa pois, afinal, não são elementos empiricamente perceptíveis que proporcionarão essa medida. Um analista, sem se preocupar em ter categorias fixas mas observando o movimento e tendo como fundamental a relação entre os locutores, saberá – aí sim – avaliar, tanto quanto os próprios locutores, se um discurso "soa bem" ou não em uma situação determinada. O que vai legitimar uma conversa – e aí baseamo-nos novamente no que Maingueneau constrói para sua noção de "cena enunciativa" – é a sua efetivação em certos elementos da situação, os ditos dêiticos discursivos*.

Uma breve ilustração do que acabamos de expor seria dada por uma suposição de uma situação qualquer de espera: não será necessário, nela, que se deva conversar sobre quão aborrecido é esperar, sobre como o doutor demora a atender, etc. Não ocorre que se exija uma conversa com esses temas nesse tipo de situação. O que ocorre é que, numa situação de espera, a conversa deva entreter e que a realização disso se dê através de discursos cuja matriz os falantes conhecem: eles têm um modelo do que seja "conversa-para-entreter".

Há, no entanto, em diferentes situações de espera, amplitudes diferentes de modelos de "conversa-para-entreter". Podemos notar que a conversa para entreter se dá de diferentes maneiras, isto é, se realiza em diferentes tipos de discurso: é o que acontece se compararmos

---

* Como exemplo da noção de dêixis discursiva, podemos observar a conversa transcrita a partir da página 60: "Esse é que tinha grande *lá*, né, N?" e "Não, eles *naquele tempo* não tinham dinheiro" – coordenadas espaço-temporais que vão compondo a "cena enunciativa".

discursos realizados na espera em um salão de cabeleireiro e em uma imobiliária.

Observamos que a situação age mas somente até o ponto de determinar o tipo de conversa a ser seguido. Daí por diante, concorrem as demais condições de produção (interlocutores, lugar, etc.).

Então, há, de um lado, a relação específica empírica dos discursos com a situação e, de outro, a *restrição* (nunca a determinação absoluta) dos assuntos sobre os quais versarão tais discursos.

Se quisermos observar um caso extremo de influência quase nula da situação para a realização dos discursos, tomemos a ocasião de encontro de uma criança de três anos de idade com um adulto desconhecido dela, dentro do ônibus parado por causa de um congestionamento de trânsito. Neste caso, a situação (espera) e o local (interior de um ônibus) de pouco valem, pois a limitação já é dada pela diferença de idade entre os interlocutores.

Em resumo, podemos dizer que a situação age definindo-se discursivamente, sob a forma de atos sociais. Para a formulação das práticas sociais (textos), concorrem uma e outra instância – a função e o ato – pois os discursos são o espaço de regularidades enunciativas, ou seja, o espaço no qual tomam forma e disposição, o "moto" e o pretexto do sujeito falante.

A conseqüência mais imediata desse jogo entre função, ato e discurso é que os discursos que em situações semelhantes instanciam conversas de mesmo modelo podem ser muito semelhantes ou muito diferenciados entre si do ponto de vista do assunto; esses discursos, porém, serão sempre formalmente semelhantes no que se refere a suas marcas lingüísticas, e isso se deve à homogeneidade das conversas[9].

Teremos, assim, marcas lingüísticas idênticas em discursos diferenciados quanto a assuntos, porém iguais quanto ao modelo de conversa. Temos, por exemplo, uma mesma marca formal (discurso direto próprio, isto é, discurso direto no qual o sujeito reproduz suas próprias palavras: "Aí eu falei pra ele: 'Vai chover'" ou "Eu perguntei: 'Vamos comigo?'") exibida seja por discursos sobre condições meteorológicas, seja por discursos sobre a vida familiar. Se discursos totalmente diferentes quanto a assunto apresentam marcas formais idênticas, é porque estas não constituem sinal de uma forma específica de discurso mas, sim, índice de um tipo de conversa (conversa-para-entreter, neste caso): assim, o quotidiano deixa suas marcas no lingüístico.

Afirmamos que os discursos exibem marcas lingüísticas que os caracterizam como realizadores de um ato social, ou seja, que os caracterizam como *prática social*. Sendo prática social – lugar em que se cumpre a função social e se dá a definição discursiva –, os discursos mostram, em sua materialidade lingüística, aquilo que lhes é requisitado pela função social e que os coloca como cumpridores de determinados atos sociais, determinadas conversas.

Podemos então dizer que as práticas sociais são textos que, simultaneamente, cumprem uma função social; são textos, portanto, *classificáveis* enquanto *atos sociais*. Assim é que, em nosso trabalho, as marcas lingüísticas são analisadas como caracterizadoras de conversas e não de discursos, o que para nós significa vincular essas marcas a atos (as conversas) e não a práticas (os discursos).

Este novo enfoque vai também nos revelar que a conversa, como qualquer fato de linguagem, possui materialidade lingüística e que é essa sua qualidade que lhe vai permitir ser uma entidade estruturada e estruturante, segundo uma nossa afirmação anterior.

Enfim, o que nos interessa é que, através das práticas sociais discursivas, cheguemos a perceber as marcas que o quotidiano imprime à conversa.

A história da conversa

Uma das manifestações do discurso do quotidiano é o falar *sobre* o quotidiano. A questão que propomos é esta: o *falar sobre o quotidiano* difere essencialmente da *fala do quotidiano*?

No caso da fala do quotidiano, daquilo que chamamos até agora de discurso do quotidiano ou conversa, temos como marca típica o lugar-comum, a repetibilidade, o ritual. A quotidianidade vai se estabelecendo por essa fala, que instala o "sempre-presente". O revestimento de lugar-comum que a fala do quotidiano vai imprimir aos fatos faz com que estes sejam vistos sobre o pano de fundo do quotidiano. Conhecedores do funcionamento da vida quotidiana, os sujeitos utilizam-se dos modelos de conversa para conversar quotidianamente. As duas matrizes juntas, a do quotidiano e a da conversa, garantem-lhes um funcionamento imaginário sobre o quotidiano, dão-lhes as bases para que cumpram as exigências da função social e disponham-se ao ato social de conversar.

A história da conversa vai ser responsável, tanto ao atualizar os conhecimentos como ao retomá-los, por instituir as pessoas como interlocutores, como sujeitos de discurso. E esses sujeitos, justamente porque incluídos na história da conversa, são "sujeitos com memória", que retomam as conversas e as desenvolvem no seu dia-a-dia. A retomada é de dados memorizados socialmente e, assim, apesar do novo revestimento, apesar de aparecerem como construídos pessoalmente por cada sujeito em sua vida diária, ecoam na memória do sujeito, nessa sua "memória social".

Já no outro caso, o da fala *sobre* atos do quotidiano, o presente do dia-a-dia é tido como assunto e é o quotidiano que vai se estabelecer aí, enquanto presente. O quotidiano, aqui, não é estruturador, mas é propriamente conteúdo.

Se no caso da conversa quotidiana era o senso comum que permitia a retomada dos conhecimentos (por causa da memória social do sujeito), no caso da fala sobre o quotidiano serão os próprios fatos, conhecidos e repetidos, que possibilitarão a retomada. Se, no primeiro caso, a repetição fazia eco na memória, agora faz eco na vida.

Gostaríamos de aproximar esses dois conceitos, por oposição:

– quando se fala na vida quotidiana, muita coisa se retoma (em primeiro lugar, a própria história da conversa);

– quando se relembra, muita coisa se atualiza, se quotidianiza.

Assim, o quotidiano se faz como misto do presente e da memória. Só é possível o presente da conversa quotidiana pela memória (a história da conversa). É a memória sempre presente.

Michel Pêcheux, em sua apresentação sobre o estatuto das discursividades que agem sobre um acontecimento, na Conferência "Marxismo e interpretação da cultura: limites, fronteiras, restrições" (Universidade de Illinois Urbana-Champaign, 1983), sustenta que, se o sujeito se constrói na dependência das coisas-a-saber, há coincidentemente a necessidade de um "mundo semanticamente normatizado"[10].

Para Pêcheux, ao "sujeito pragmático" (nos sentidos kantiano e contemporâneo do termo) coloca-se como necessária uma "homogeneidade lógica", homogeneidade constituída de evidências lógico-práticas de nível muito geral, atravessadas por leis, ordens, princípios. Essa necessidade do "sujeito pragmático" é tão forte que a percebemos através de seus múltiplos pequenos sistemas lógicos (desde chaves, agenda, carteira – instrumentos que gerenciam seu quotidiano – até as grandes decisões de sua vida).

A conversa, que se dá nesse espaço, coloca em bipolarização lógica os enunciados. As respostas às coisas-a-saber que o sujeito pragmático coloca como objetivo e necessidades suas se dão, em nossa sociedade, pelo Estado e pelas instituições. Conforme Pêcheux, as ciências se constroem buscando ser um saber unificador da multiplicidade das coisas-a-saber em uma estrutura homogênea. Assim foi com a Escolástica Aristotélica em sua busca de categorizar linguagem e pensamento para, a partir daí, sistematizar tudo; assim foi com o Positivismo que procurou homogeneizar o real através do método hipotético-dedutivo-experimental; e assim foi também com a ontologia marxista, por suas "leis dialéticas".

Ao lado desse "fantasma de um saber eficaz, administrável e transmissível", haveria outro saber que até produz efeitos mas que não é transmissível. Seria um saber relativo a um real estranho à univocidade lógica. Pêcheux adianta que esse tipo de saber poderia ser usado para o estudo do quotidiano mas nos alerta quanto ao perigo de, ao se recusar a logicidade, se entender o discurso do quotidiano como um fato psicobiológico. Daí que ele aponte caminhos para um trabalho com o discurso do quotidiano: uma aproximação da análise antipositivista da linguagem ordinária proposta por Wittgenstein com as práticas de leitura de arranjos discursivo-textuais.

Mas para trabalhar com a relação entre o ordinário do sentido e as materialidades discursivas – diz ainda Pêcheux –, supõe-se o reconhecimento do real da língua, ou seja, de sua "heterogeneidade constitutiva", para usar o termo de Jacqueline Authier.

Decorre também de tal atitude que a descrição ceda lugar à interpretação: se há o outro (nas sociedades, na história e, correlativamente, no espaço discursivo), há possibilidade de interpretação (isto é, de ligação, de identificação ou de transferência). Quando se descreve um enunciado, já se põe em jogo, necessariamente, o discurso-outro como espaço virtual de leitura desse enunciado. Só o fantasma de uma ciência régia nega o espaço de interpretação, dando a ilusão de sempre se poder saber do que se fala. A interpretação faz com que as filiações históricas se organizem em memórias e as relações sociais em redes de significantes.

Assim, se há um "real" diferente do real da univocidade lógica, se há um real constituído por filiações históricas e relações sociais, podemos nos perguntar sobre sua organização: como se entrelaçam nele as variações do quotidiano e a recordação do passado? E, afinal, haveria alguma diferença nisso se ao se narrar o quotidiano ou ao se recordar o passado se recorre sempre ao sentido já constituído, que é a história da conversa?

Pela prática do quotidiano, sabemos que há uma diferença, há um limite a ser respeitado: em certo ponto, a recordação deve estancar. O risco que corre a conversa de ser considerada característica de pessoas idosas que "só vivem no passado" é um sintoma desse limite. Este é demarcado por um esquema (social, lingüístico) da conversa, isto é, pelas matrizes propostas pela história da conversa. Mais uma vez podemos afirmar: não é o assunto que mostra a adequação da conversa à situação. É algo além, experimentado pelos sujeitos: a coerência do discurso do quotidiano se dá pela história da conversa.

O que é comum aos sujeitos, então, não é a situação na qual estão; também não é a sua história (enquanto conteúdo). O que lhes é comum é a história da conversa (ou seja, o seu funcionamento), que será responsável exatamente por constituí-los *interlocutores*: a história da conversa atualizará os conhecimentos ancestrais ou dará uma dimensão de novidade ao vivido.

Devemos estar atentos para não considerarmos conhecimentos ancestrais como saberes partilhados *a priori* e retomados durante a conversa. A partilha vai se dar na conversa, numa ordenação imaginária, que não reflete a ordem do mundo. A partilha é o próprio *conversar*; é isto que é exigido como conhecimento compartilhado.

Feita a ressalva e retornando ao conceito de memória sempre presente, podemos afirmar que a história da conversa atualiza o não dito como algo compartilhado, memorizado (por ser parte dela); por outro lado, redimensiona o já-vivido, apresenta-o como novo. Desse modo, os conceitos de *velho* e *novo*, através da ação da história da conversa, são redimensionados.

Se existe a idéia de que as pessoas idosas falam muito sobre o passado porque "só vivem no passado" é porque supomos uma aproximação entre viver e falar. Coincidentemente – ou por uma "intuição etimológica" que as pessoas tenham – é essa a origem de *conversar* segundo Antenor Nascentes:

> Conversa – Deverbal de conversar.
> Conversar – Do latim *conversare*, "conviver", por *conversāri*, por via erudita.
> Quando se convive, trocam-se palavras. Daí o sentido de palestrar[11].

Mas nós gostaríamos de prosseguir essa pesquisa etimológica e justificar nossa afirmação sobre a realização de atos sociais pela conversa. Ora, são atos de convivência esses que se realizam pela conversa, atos, então, de uma relação social *quotidiana* da vida. É esse significado original, de encontro habitual (e num mesmo local) que nos é fornecido por José Pedro Machado:

> Conversar – v. do latim *conversāri*, "encontrar-se habitualmente num mesmo local; viver com; viver na companhia de; conduzir-se; comportar-se", talvez pelo ant. fr. *converser*, "freqüentar", como antigamente em Port., séc. XVI (...); na mesma época já se documenta o sentido de "falar com" (...)[12].

O lexicógrafo José Pedro Machado continua sua exposição, colocando no mesmo verbete o termo *conversação* que, segundo suas pesquisas, se não provém de *conversar*, provém do latim *conversātiōne*, "ato de virar e revirar alguma coisa; uso freqüente de qualquer coisa; ato de permanecer em algum sítio, comércio, intimidade". Assim foi que, em Portugal, teve o sentido de "personalidade, familiaridade" (século XV) e talvez o de "ato de falar com" já no século XVI. Mas também se empregou – e o exemplo que ele nos dá é do século XV – com o sentido de "conversão", talvez como resquício da primeira significação do vocábulo latino do qual provém.

Não é isso que ocorre? A conversa (esse ato do quotidiano) preenche e constrói o quotidiano. Conversar é não só uma mostra de convivência, um ato de falar com, mas também um ato de converter, no sentido lato da palavra – fazer passar de um estado a outro –, pois é por ela que desconhecidos se transformarão em compradores, compradores em fregueses habituais, desconhecidos em amigos, conhecidos em amigos íntimos, etc. Porque se repete, a conversa transforma: a força do quotidiano vem justamente do repetir-se, do transformar em novo o retorno do evento, nas palavras de Michel Foucault.

Voltamos assim à asserção de que a conversa redimensiona o quotidiano por saber lidar com o presente e com o passado, através daquilo que Pêcheux chama de "filiação de memória".

Resumindo nossas idéias, podemos dizer que o falar *no* quotidiano é, para o sujeito, assumir que o acontecido é com ele e negá-lo como objeto já conhecido de outros; o falar *do* quotidiano é, para o sujeito, assumir que o acontecido é particular a ele mas vesti-lo com a roupagem da sabedoria da vida.

Conversar, no quotidiano, não é relembrar necessariamente o passado, tampouco falar obrigatoriamente sobre o presente, o atual. Conversar é retomar o fio da meada da história da conversa (ancestralmente conhecida), conversar é reconhecer.

O que se retoma aí? O que se reconhece?
O que se aprende quando se aprende a conversar?
Quais as regras de uma conversa quotidiana?
Como é o desenrolar da meada da conversa?

Numa conversa quotidiana, usam-se os clichês para a construção do referente. Daí podermos dizer que a conversa seja sustentada não pelo novo mas pelo repetível. Se houvesse sempre o "novo", não haveria conversa, mas aula. No discurso didático, sabemos que o conhecimento comum (o já aprendido) é retomado apenas para se seguir adiante ("como vimos na última aula" é uma das frases típicas dessa retomada). No discurso do quotidiano, o retomado são o quotidiano vivido e o sempre-presente, o que faz com que a progressão desse tipo de discurso não implique não-repetição nem coerência linear: conversar é comentar, ato que traz em seu bojo a repetibilidade.

Capítulo 3   **A prática social**

Já afirmáramos anteriormente que a realização de uma conversa quotidiana implica a realização de um ato social: brincadeira, briga, entretenimento, etc. O que importa nas situações quotidianas é que haja, pela conversa, o cumprimento de uma função social, constituída pela situação e constitutiva do sentido.

As conversas, enquanto atos sociais, se dão como discursos, prática social que, de nosso ponto de vista, dá textura às conversas.

De que modo a conversa quotidiana estabelece práticas sociais e de que modo ela se estabelece como tal?

Para responder a isso, vamos recorrer à organização dos atos de fala em trinta diálogos gravados, colhidos em sete diferentes situações (de contato social, contato familiar, contato profissional, contato comercial, espera, serviço e descontração), que revelaram sete diferentes tipos de conversa (criação de liame social, criação de liame diferente do profissional, reafirmação de liame social, reafirmação de liame familiar, entretenimento, conversa comercial e conversa para romper silêncio)*.

Queremos deixar bem claro que a maneira de considerar os atos de fala não será igual à da teoria dos atos de fala, pois eles serão vistos aqui como efeitos de discurso, conforme exporemos mais adiante. Apesar da divergência de abordagem, a formulação da classificação abaixo tem como referência um quadro teórico ortodoxo que, no entanto, não é seguido rigidamente.

Os atos de fala presentes nos diálogos analisados foram:

1. acatamento de sugestão
2. afirmação/declaração
3. agradecimento
4. ameaça
5. apresentação
6. assentimento
7. autocomplemento
8. autocorreção
9. auto-interrupção
10. choro
11. comentário**
12. complemento do outro
13. complemento para ajudar o outro
14. complemento interrompendo o outro
15. conclusão
16. conselho/orientação/chamada de atenção
17. constatação

---

* É casual a coincidência numérica: há sete diferentes tipos de situação e, por acaso, sete diferentes tipos de conversa no material que analisamos.
** Aqui, usamos comentário não no sentido foucaultiano mas no seu sentido estrito.

18. contestação/desacordo
19. convite/oferta
20. cumprimento/felicitação
21. demonstração/indicação
22. despedida
23. eco (repetição do outro)
24. enumeração
25. exclamação
26. explicação/aposto
27. indignação
28. ironia
29. justificativa
30. narração de conversas
31. narração de fatos
32. opinião/observação/juízo de valor
33. ordem/pedido
34. pedido de desculpa
35. pedido de permissão
36. pergunta
37. pergunta como justificativa
38. pergunta como resposta
39. pergunta que não pode ser respondida
40. resposta
41. resposta por outro
42. resposta que ultrapassa a pergunta
43. risada/sorriso como comentário
44. risada/sorriso como resposta
45. sugestão

De tais fatos, foi a pergunta a aparecer com maior freqüência (23% do total dos atos proferidos), seguida pela resposta (17%), pelo comentário (10%), pela narração de fatos (7%) e por assentimento e exclamação (6% cada qual); mais abaixo: afirmação, explicação/aposto e opinião/observação/juízo de valor (3% cada qual); contestação/desacordo, cumprimento/felicitação, sugestão (2% cada qual); agradecimento, conselho/orientação/chamada de atenção, demonstração/indicação, despedida, eco, ordem/pedido, risada como resposta (1% cada qual); quanto aos demais vinte e um tipos de atos, eles ocorreram em menos de 1% dos casos.

Esses números valem, para nós, apenas como pistas, como margem de observação empírica para considerações posteriores.

Quanto aos atos que funcionaram como estopim de seqüência, num total de 387 atos iniciais de seqüência, notamos que a maior incidência continua com a pergunta (30%), agora seguida pela afirmação/declaração e pela narração de fatos (13% cada qual) e, logo abaixo, pelo comentário (12%). Seguem-se:

com 5%: enumeração e exclamação;
com 3%: cumprimento/felicitação e despedida;
com 2%: constatação, convite/oferta e explicação/aposto;
com 1%: agradecimento, conselho/orientação, despedida, ordem/pedido, resposta, sugestão.

Outros quatro tipos de atos funcionaram como desencadeadores de seqüência, porém sem alcançar 1% do total: ameaça, autocorreção, choro e pedido de desculpas.

Em relação a pares de atos, esta é a porcentagem dos primeiros atos de um par (isto é, do ato que provoca outro):

pergunta: 27%
resposta: 14%
comentário: 10%
narração: 9%
afirmação: 8%
assentimento: 6%
opinião: 5%
exclamação: 4%
contestação/desacordo: 3%
explicação e enumeração: 2%
sugestão, risada, conselho, convite, cumprimento, demonstração e ordem: 1% cada qual
justificativa, ameaça, despedida, agradecimento, conselho, pedido de desculpas, eco, choro, resposta que ultrapassa a pergunta, complemento do outro, autocorreção e apresentação: menos de 1% cada qual.

O segundo ato, ou seja, o ato sempre proferido por provocação de outro, apresenta a seguinte distribuição:

resposta: 23%
pergunta: 18%
assentimento: 15%
comentário: 9%
narração: 6%
afirmação: 5%
continuação, exclamação e opinião: 4%
explicação e risada: 2%
sugestão, eco e cumprimento: 1%

Com menos de 1% aparecem os seguintes atos: resposta pelo outro, resposta que ultrapassa a pergunta, constatação, convite, justificativa, enumeração, agradecimento, despedida, acatamento, conselho, pedido de desculpas, autocorreção, conclusão, demonstração, complemento do outro e ordem.

Uma vez feita a leitura numérica que nos situa no quadro de suas ocorrências, passemos agora para a análise que mais nos interessa: qual é a relação entre os diversos tipos de ato e as situações e as conversas nas quais eles se efetivam?

Observamos que, numa situação de contato social (situação 1)*, há muita *sugestão* e pouca *opinião*, sendo que os demais atos estão em quantidade não significativamente diferente da sua ocorrência em outras situações.

Numa situação familiar (situação 2), há muito *assentimento, contestação, enumeração* e *narração* e pouco *pergunta* e *resposta*.

Numa situação profissional (situação 3), há muito *convite, cumprimento, desculpa, comentário, explicação* e *narração* e pouco *afirmação, assentimento, pergunta, resposta* e *ordem*.

Numa situação comercial (situação 4), há muito *cumprimento, agradecimento, ordem, exclamação, explicação, narração, convite, despedida* e *risada* e pouco *comentário, narração, pergunta* e *resposta*. Aqui, devemos observar que a abundância de narrações deve-se a uma conversa específica (conversa 6) e a escassez a outra (con-

---

* Cabe notar que temos vários diálogos que se enquadram na *situação 1 (situação de contato social)*: diálogos 1, 2, 5, 18, 21, 25, 27, 30. Os outros diálogos assim se distribuem:
Situação 2 (situação de contato familiar): diálogo 3.
Situação 3 (situação de contato profissional): diálogos 10 e 11
Situação 4 (situação de contato comercial): diálogos 12, 13, 14, 15, 16, 17, 19, 20, 22, 23, 24, 29.
Situação 5 (situação de espera): diálogos 4, 6, 26.
Situação 6 (situação de serviço): diálogos 7, 8, 28.
Situação 7 (situação de descontração): diálogo 9.

versa 5). Daqui, podemos concluir, por enquanto, que algo é determinado também pela *conversa* e não apenas pela situação.

Numa situação de espera (situação 5), há muito *comentário, narração, resposta* e *convite* e pouco *assentimento*.

Numa situação de serviço (situação 6), há muito *ordem, afirmação, comentário* e *sugestão* e pouco *comentário*. Vale aqui o mesmo tipo de observação feita há pouco acerca da determinação dos atos pelo tipo de conversa.

Numa situação de descontração (situação 7), há muito *comentário, demonstração* e *sugestão*.

Numa microssituação de passagem*, há muito *cumprimento, comentário, ordem, despedida* e pouco *comentário*, caso aparentemente ambíguo mas que ocorre devido à abundância de comentários na conversa 1 e à sua escassez na conversa 6, o que, mais uma vez, demonstra que a conversa determina algo.

Observemos agora a ocorrência dos atos não mais nas situações, mas nas conversas especificamente.

Reafirma-se o liame social (no caso da conversa 1)** com *cumprimento, despedida, comentário, afirmação, demonstração* e *sugestão* e com pouca *opinião*.

---

* Trata-se de uma situação de descontração, porém constituída no intervalo de uma situação formal de trabalho; daí a termos denominado microssituação.

** Cabe notar que temos vários diálogos que se enquadram na *conversa de tipo 1* (reafirmação do liame social): diálogos 1, 2, 5, 8, 9, 18, 21, 25, 27, 28, 30. Como se pode observar, as conversas desse tipo se dão, pela análise de nossos dados, em situação 1 (diálogos 1, 2, 5, 18, 21, 25, 27, 30); outras, em situação 6 (diálogos 8 e 16), outra ainda em situação 7 (diálogo 9).

Os outros diálogos assim se distribuem:
Conversa 2 (reafirmação de liame familiar): diálogo 3.
Conversa 3 (criação de liame pessoal): diálogo 6.
Conversa 4 (criação de liame diferente do profissional): diálogo 10.
Conversa 5 (comercial): diálogos 12, 13, 14, 15, 16, 17, 19, 20, 22, 23, 24.
Conversa 6 (entretenimento): diálogos 4, 7, 26, 29.
Conversa 7 (romper silêncio): diálogo 11.

Reafirma-se o liame familiar (conversa 2) com *assentimento, contestação, enumeração, narração* e com poucas *perguntas* e *respostas*.

Cria-se um liame pessoal (conversa 3) com muito *convite* e pouco *assentimento*.

Cria-se um liame diferente do profissional (conversa 4) com muito *convite, cumprimento, desculpa* e pouco *assentimento*.

Realiza-se uma conversa comercial (conversa 5) com muito *cumprimento, agradecimento* e *ordem* e pouco *comentário* e *narração*.

Entretém-se (conversa 6) com muito de *narração, comentário, exclamação, resposta, explicação, convite, despedida, risada* e *ordem* e pouco de *pergunta, resposta* e *comentário*. Vale observar aqui que *comentário* e *resposta* aparecem abundantemente mas que, na situação 5, *comentário* está com baixíssima freqüência e que, na situação 4, é a *resposta* que quase não aparece – e isto significa que a situação é responsável por determinar algo.

Rompe-se o silêncio (conversa 7) com muito de *comentário, exclamação* e *narração* e pouco de *afirmação, pergunta, resposta* e *opinião*.

A leitura dos números, ainda que não nos leve a nenhuma observação conclusiva, coloca-nos diante de duas questões fundamentais: o que é que a situação determina? E o que é determinado pelo tipo de conversa?

Acima delas, no entanto, outra questão se impõe, esta de ordem metodológica: o que é que nos permite analisar os atos de fala para chegarmos ao discurso, prática social?

Se a escola francesa de Análise do Discurso passou inicialmente do estágio em que tomava como base a distribuição lexical (sob inspiração do método de Harris) para a problemática da enunciação, isso ocorreu como um momento de reação, de descoberta de que os efeitos de sentido não estão apenas no léxico (palavras e frases) mas entre os elementos, o que dá o efetivo funcionamento do texto. Dessa passagem é que surgem, na Análise do Discurso, os conceitos de heterogeneidade, interdiscursividade, intercompreensão, e outros, que contribuem para entender que o sentido múltiplo, o equívoco e até mesmo a incompreensão são constitutivos do sentido.

É no momento da problematização dos atos de fala que Maingueneau diz se instalar a Análise do Discurso. Para ele, a gênese da Análise do Discurso está, assim, na tentativa elaborada pela Pragmática de inscrever a atividade da linguagem em espaços institucionais (e não mais em apenas perceber as circunstâncias de enunciação como um conjunto de elementos moduladores do discurso). Se, para a Pragmática, a linguagem é forma de ação, ela pressupõe uma instituição que a sustente. Os atos de fala vão, assim, realizar convenções que regulam institucionalmente as relações entre os sujeitos, atribuindo a cada um deles um estatuto nessa atividade de linguagem. A passagem da Pragmática para a Análise do Discurso é o deslocamento da noção binária sujeito + circunstâncias de enunciação para a teoria da *instância da enunciação*, instância que ao mesmo tempo constitui o sujeito em sujeito do seu discurso e o assujeita (ou seja, a enunciação é também um efeito de enunciado)[1].

Assim, vemos que está na própria origem da Análise do Discurso, apontada por Maingueneau, a sugestão de partirmos dos atos de linguagem para daí procedermos a uma análise dos discursos. Mas há um outro caminho que nos leva à mesma decisão: segundo afirma Gonçalves Corrêa, num trabalho sobre discurso religioso, justifica-se o estudo dos atos performativos em qualquer manifestação lingüística ritualizada, incluindo-se aí, por causa do seu componente de ritualização, a linguagem quotidiana[2]. Segundo ele, é possível fazer a aproximação entre o estudo do discurso do quotidiano e aquele do discurso religioso (justamente o tipo de discurso no qual a ritualização é dominante) pelo componente "ritualização". Este último conceito, o autor o estende para a linguagem em geral: afinal, nela há regras já cristalizadas, fórmulas recorrentes que se impõem no uso e se interpõem nas relações entre os sujeitos. Sua conclusão é a de que, se os sujeitos cumprem papéis através do uso da linguagem, isso ocorre porque esta tem sua dimensão pragmática realçada pela ritualização. Ou, em outras palavras, quanto mais ritualizado for o discurso, maior o favorecimento da performatividade.

Também compartilhamos dessa idéia que une a performatividade à ritualização. Nossa ressalva é quanto a sua afirmação sobre o modo como a ritualização se dá.

Para Gonçalves Corrêa, a ritualização estaria na construção do discurso segundo uma estrutura previamente ritualizada, o que, no caso dos testemunhos dos fiéis da Congregação Cristã no Brasil analisados pelo autor, assim se manifesta: saudação, introdução, narração do benefício, conclusão e saudação final.

Acreditamos que haja outros modos de determinar um ritual que não a obediência a uma estrutura prévia. Em nosso caso, a determinação poderia ser dada pela história da conversa, o que não excluiria o discurso do quotidiano dos discursos mais ritualizados na medida em que o funcionamento imaginário da conversa se dá pelo repetível, fator de ritualização.

Assim, o quotidiano autoriza a ritualização a todas as pessoas: elas perguntam, respondem, comentam, sugerem, acatam – enfim, realizam atos de fala. No entanto, a solicitação para realizar essa prática social advém da situação; é ela que será responsável pelas condições de felicidade do ato de fala: um ato será bem sucedido se mantiver, enquanto ato social, uma relação empírica com a função social aí instalada.

Retomando assim a nossa questão metodológica sobre o que nos permite partir da observação de atos de fala para chegarmos à análise de discursos, concluímos que se trata do próprio caminho traçado pela ritualização: os atos de fala realizam rituais de conversa que, por sua vez, no seu objetivo de realização de um ato social solicitado por uma função social, manifestam determinadas práticas sociais no nível textual.

Resumindo esquematicamente estas nossas idéias, temos:

Quotidiano: constrói, determina ou permite os papéis.
Conversa: constrói, determina ou permite o ritual.
Situação: constrói, determina ou permite as práticas sociais.

Capítulo 4   **A construção do quotidiano**

Os atos de fala

Searle, em sua teoria, apresenta-nos uma classificação dos atos de fala baseada em diversos critérios, dos quais o mais importante é a relação entre palavra e mundo estabelecida pelo próprio ato[1]:

Classe representativa: afirmação, constatação, predição, explicação, classificação, diagnóstico e descrição;
Classe diretiva: ordem, pedido, súplica, indicação, requisição, instância e conselho;
Classe comissiva: promessa, juramento, ameaça, aposta, oferecimento, contrato e garantia;
Classe expressiva: felicitação, agradecimento, pêsames, lamentação e cumprimento;
Classe declarativa: declaração de guerra, união em casamento, abdicação, testamento e expulsão.

Esta classificação, que satisfaz às exigências da Pragmática, é, contudo, insuficiente para nós, pois os atos de fala assim se apresentam mas funcionam, de fato, do nosso ponto de vista, como memória, conversa, ação social, história, já que na Análise do Discurso o que se analisa são fatos simbólicos (ideológicos e inconscientes). Pela Lingüística *stricto sensu* podemos perceber um ato como resposta, promessa, agradecimento, ao passo que pela Análise do Discurso os mesmos atos são percebidos como efeitos de sentido produzidos, como gestos simbólicos – justamente porque aí se crê que o sentido não é evidente.

Afinal, os atos não são marcas de alguma intenção mas conseqüência de um certo tipo de efeito de sentido produzido pelo imaginário social que tem uma forma histórica determinada: poderíamos chegar a dizer que, nesta perspectiva, tratamos de atos de fala "produzidos". E é esse o motivo pelo qual já pudemos afirmar anteriormente que os atos de fala constituem apenas evidências de um certo cruzamento de condições de produção, o que nos desobriga de usar uma classificação tradicional dos atos, para, ao contrário, enquadrá-los numa outra própria a nosso trabalho e útil a nossa análise. Para nós, os atos já fazem parte do funcionamento imaginário da sociedade; já são produtos, são efeitos de discurso, são impressão, apreensão só pragmática da ação de significação, dimensão "pragmática" do social. Em nossa perspectiva, não só o social tem outras dimensões como, da Pragmática, interessa-nos a dimensão simbólica.

A utilização que aqui fazemos dos atos de fala apenas nos auxilia a nos voltarmos para os atos sociais, pois não há como conciliarmos simplesmente uma teoria dos atos de fala com a Análise do Discurso, na medida em que a primeira, ao tomar a linguagem como ato, parte do dado e faz uma redução semântica, ao passo que a segunda, ao tomar a linguagem como discurso, leva em conta sua dimensão ideológica. O que faremos, então, será um uso crítico e não-usual dos atos de fala.

Afirma Sbisà, na introdução a uma coletânea que reúne Austin, Strawson, Warnock, Cohen, Vendler, Searle, Grice, Lakoff e Stalnaker, a não existência de uma teoria única dos atos da fala, o que é facilmente perceptível se se notar que deveriam se encaixar aí tanto os princípios metodológicos de Wittgenstein quanto as propostas pragmáticas de Austin ou mesmo a visão sistematizada de Searle[2].

A autora vai nos mostrar, no entanto, que as interpretações dos atos de fala sempre oscilam entre a consideração do ato de fala como princípio explicativo e a inserção dessa noção num quadro teórico preestabelecido, com a intenção de integrar elementos do plano pragmático à Semântica.

Em nosso trabalho, a teoria dos atos de fala é revertida à proporção que não vale mais o princípio do "fazer falando" (de Austin) mas o de "significar conversando" e "atuar significando". Além do mais, não apenas o performativo (aquele que realiza uma ação) mas qualquer ato (qualquer conversa, diríamos) significa e, significando, atua na constituição do social.

Ao lado da afirmação de que "todo falar é agir", estabeleceríamos que "todo conversar é constituir a sociedade", e constituí-la no dia-a-dia.

A fim de demonstrarmos como se dá a significação ao se conversar e como se constitui o quotidiano da sociedade ao significar, exporemos a análise de três das conversas que gravamos, e cuja transcrição vem a seguir:

EXEMPLO 1*

Situação de contato familiar

Conversa para reafirmar liame familiar

Local: casa de V, no interior
Participantes: V dona da casa
T irmã, visita
D prima, visita (esposa de B)
B primo, visita
G filha
J filho
C filho
X neta de D e B, de oito anos

(...)
D – Como é que você conseguiu arrumar isso, V?
V – Não...
T – Quem que arrumou, o Z?
V – Não, até que ainda não está arrumado...
D – Mas tá mais, tá conservado.
V – É...
B – Meu pai, minha mãe.
V – É.
T – É.
T – Pepê, sua tia Anita, Seo Bandeira, Filhinha, na Primeira Comunhão...

* Legenda:
(...) trecho ininteligível
[ ] informação nossa
[sobreposição de falas.

V – Não, essa não é da Primeira Comunhão.
T – Não?
V – É outra.
T – Ah! Pensei que era.
V – Mamãe D'U.
V – Esse é que tinha grande lá, né, N? [errando o nome de B e chamando-o pelo nome do irmão].
T – É.
B – Ahn?
V – Lá tinha uma fotografia grande, comprida.
V – Era esta í.
D – Tinha perto da porta que dava pro corredor.
V – Aí nós temos também de Papai D'U, ali, ó lá; depois você vê de perto.
B – Esse retrato foi tirado no tempo, no século passado.
D – Como aqui é sossegado, né?
V – Depois nós vamos ver a casa.
T – Aí, sua mãe.
B – Mamãe, no casamento da Dodói.
T – É.
T – Eu pus no quarto também.
B – Dora e Bebé no Rio de Janeiro.
B – Eu tava lá. (...) Bananal.
T – Por que não tiraram os pés, hem?
B – Hospedada no palacete.
    Casa térrea.
T – Sei.
B – Hum, depois Aretusa, Êta e vovô, vovô Guimarães.
T – E aqui é Nani. Nani e Tata. Depois, Pai D'U.
T – É.
B – Aqui é Anita.
T – É.
B – Eu.
T – É.
T – Aqui é Tia Boa e Cármen.
T – Cármen ou Bereni... Berenice.

B – Berenice?
T – É.
T – E aqui é o Walter de Filhinha. E Elisinha de Titide.
B – E onde ela está?
T – Tão lá morando no Jabaquara, tá doente.
B – Agora tá morando com o Zé?
T – Tá morando junto. Quebrou a perna, tá doente, tá lá. Não quer ser internada.
B – Dr. Eduardo?
T – É.
T – Carminha, ⎡Francisquinho.
B –   ⎣Francisquinho.
D – Aqui não tem (...)?
B – Aqui é Primo Augusto e Filhinha.
T – Não, não é não.
T – Ah, é. Olha Elisa.
B – Primo Augusto.
T – Ah,
B – Esse é primo Augusto.
T – Primo Augusto e Filhinha.
B – O da frente sou eu.
B – Esse aqui é Ernani.
T – Ernani.
V – Não.
T – E aqui é... Zé de Nenê. Zé de Nenê e você.
B – Não dá mais pra conhecer.
T – Ah, dá. Eu.
B – Dr. Eduardo e Tia Boa.
T – É, aqui é Filhinha na Primeira Comunhão.
T – E aqui é Filhinha quando casou.
T – E ali Filhinha em viagem de núpcias.
T – E ali... é Darci de Titide... de Tia...
B – (...) o casal mais feliz.
T – É. E ela morreu estupidamente, coitada.
B – Não, por isso que eu digo: mulher que se sujeita ao homem, o casal é sempre feliz.

G – Quem que é?
T – A minha irmã é tão feliz e não (...). É regra? Foge à regra, né?
B – É, exceção, é exceção. Você pode ver que todo casal que a mulher sustenta o marido, o casal vive na maior alegria.
G – Ah, é?
T – Ah, ele é idiota, ela não é (...).
B – Porque o homem é um ser independente. O homem é um ser independente.
T – (...) Ué, não é, G?!
B – Esse, por exemplo, ele saía, chegava, a F punha lá o dinheiro do ônibus e do bonde.
T – Mas que coisa! Que sujeitão! Eu não respeitaria ele. Nunca!
B – Ele ia pra cidade, ficava, tratava do aluguel, conversava, voltava na hora certa.
T – É, nunca atrasou, nunca teve (...).
B – Nunca atrasou, nunca chegou (...).
T – Há, há, há (risos). Ele falou que toda mulher que se sujeita ao marido (...). Tanto que ele pediu dinheiro para sair e voltava na hora certa (...) porque dinheiro prum cafezinho.
B – O dr. Alípio.
T – O marido da F.
J – Ah! Sei.
T – A. S.
B – Alisa.
T – É.
B – Dr. Alípio.
T – É.
T – E esse é Seo Pondé. Seo Pondé. E aqui somos nós na Estação da Luz. E aqui também. Virgínia, Bebê. Não, Berenice e Virgínia.
E aqui é Mamãe. Cármen. Cármen. E o Hélio. Virgínia. Ah, e eu tô aqui.
(...)
D – Que beleza!

T — Tem uma coisa de prata em cima, é.
[– MÚSICA]
T — La Paloma.
B — Antigamente tinha tudo com com com caixinha de música.
T — É. Mamãe tinha uma caixa de música bonita, né?
B — Ah, é, aquela, aquilo hoje valia um dinheirão.
V — Sabe quem que tem uma igualzinha? É João Valim. Igualzinha àquela de mamãe. João Valim. Eu desconfio até que é a mesma caixa.
B — Eu acho que é a mesma.
V — É, mas (...).
B — (...).
V — Eu, eu me lembro sempre também, eu era pequena...
T — Será que foram eles que compraram a caixa?
V — Não, não foram eles. Mas podiam ter comprado de outro leilão...
T — É.
V — Porque foi vendido em leilão.
B — Ou então talvez Alisa tenha vendido, porque Alisa vendeu muitas peças.
V — Mas mamãe não foi que vendeu para eles.
T — Não foi mamãe.
B — Foi lá quando papai estava com dificuldades, lá na Rua João Ramalho...
B — Pois é.
V — Ele pôs num leilão, a caixa, mas não foi papai que vendeu pra ele.
D — Ele morava perto. Capaz.
V — Não, eles naquele tempo não tinham dinheiro,
⌈Não tinham dinheiro nenhum.
B — ⌊Não tinham dinheiro.
B — Mas moravam com
V — Ninguém trabalhava lá. Ahn?
G — Como que é a caixa?
V — É uma caixa branca toda de dentro mas quando

B – Como é que chama?
T – W. E ela quando quis casar, todo o mundo foi contra esse namorado dela, sabe? Todo o mundo. Mas o A não dava nenhuma palavra. F: "É porcaria, é porcaria". "Sei que é", mas ela bateu o pé e casou. E não teve filhos. Depois quando pegou o menino, então ela falou pro R.: "Como é que você quer que chame?" "A foi a única pessoa que não me maltratou."
D – Ai, que graça! Coitado!
T – Ih, F ficou radiante, F.
A. foi a única pessoa que...
D – Ai que graça!
T – ... que todo o mundo xingava: "porcaria, ele é velho".
V – Não é do estilo deles, eles são tão delicados!
T – Mas é, cê nem faz idéia.
V – Eu sei que ele não era de muito agrado deles. Mas daí a eles falarem...
T – Nossa ⌈Senhó...
V –   ⌊Mas a I.
V – Eu tô falando, na casa de F, o pessoal é muito delicado.
T – Não, mas a I, a I batia a porta para ele.
B – Mas a a a o pêndulo aqui não está funcionando...
V – É, não.
B – Porque quando faz assim tem que desligar.
V – É para fechar, é.
B – É, agora fechou.
V – Tem horas que fecha.
B – Como é coisa delicada, a gente não pode forçar.
V – É, eu também...
T – Mas a I batia a porta pra ele, viu?
V – Ahh.
T – Não é tanta delicadeza.
B – Ela não queria que ele se casasse.
T – Não queria porque ele era horrível, era isso, era aquilo. Não trabalhava. Hoje ele trabalha muito bem. E ele jogava pôquer. Todos os dias.

D — Ih, meu Deus! Ah, então...
T — Todo o mundo sabia.
D — Ah, então.
T — Ela pode ser muito delicada e são mesmo
 ⌈quando a coisa corre bem
V — ⌊Sãaao!...
T — Mas quando a coisa vai...
V — Mas esse negócio, né, acho que não era nem um nem outro que servia para a filha.
T — Mas é o tal negócio da E também, não é? A M namora um menino, tem dezessete anos, é riquíssimo, a E trata assim (gesto). A X namora um que é pobre, mora em Jundiaí, ela maltrata.
D — Ah, Ah (risos).
T — Xinga, fala que é metido. Então, mas o da M é riquíssimo, ela agrada.
D — Agrada.
T — Agora, quem contou essa história do menininho chamar A foi o próprio R, ele que escolheu o nome A, que foi a única pessoa que...
D — Ah, coitado!
B — Essa moça, ela é filha do W, né?
T — É, é filha do W, E.
B — Eu fui no casamento deles lá na...
T — Na Igreja do do Colégio S. Francisco.
B — ⌈na... na
T — ⌊Lar Escola São Francisco.
B — Na vila (...)
T — Lar Escola.
B — Eu fui.
T — Eu também fui. Ela casou no dia 1º de julho de 75.
B — É, eu fui lá.
T — Nove anos.
B — Quando ela casou, A já tinha morrido.
T — Não. Ah, já, ⌈já tinha morrido.
B —   ⌊Já tinha morrido.

T – Quando ela casou, ele já tinha morrido. Então, mas ela ficou cinco anos sem criança. Agora que ela adotou.
D – Um menino?
T – Pegou um menininho, pôs o nome dela. Tem dois anos.
D – E é bonitinho?
T – Uma belezinha!
D – Tá contente com o menino, então?
T – Tá contente, ele é uma gracinha. Se chama de Tutu.
D – Ahn.
T – Dorme, dorme. "Tutu quer naná! Deita e dorme. Oito horas da noite ele já pede para dormir.
D – Que beleza!
T – Dorme bastante de dia, dorme de noite, dorme muito bem. É um rapaz bonito, sabe? Fala tudo.
D – Você sabe que eu tenho...
T – E vai fazer três anos.
D – Vai fazer três anos?
T – Vai fazer três anos dia 17 de março.
D – Nasceu nesse dia mesmo?
T – Nasceu. É, veio para ela nesse dia, né?
D – Ah, sei.
D – Você sabe que eu tenho uma vizinha, uma senhora já (...) e ela casou-se com um homem 30 anos mais velho. Então...
T – Bastante!
D – Bastante mesmo.
T – (...)?
D – Não, essa é uma senhora do meu prédio. E ela então teve uma filha com esse homem, ganhava bem, tudo, mas a menina, quando estava com quatorze anos, tudo, então ela pegou uma menina pra criar. Foi na maternidade, então diz que a enfermeira disse: "Olha, dona Maria José, essa menina, ela é mais filha sua do que sua própria filha. Porque em várias encarnações ela queria vir como sua filha e ela não veio."
T – Ah, mas isso é...
D – Tem a religião dela.
T – É, pois é.

D – Então acredita e ela disse que ela disse: "Mas ainda na outra encarnação, ela vai virar sua filha. Ela é mais sua filha. Então a Maria José pegou a menina, criou, deu escola, deu educação, mas quando o velho morreu, ela passou uma certa dificuldade e a menina conseguiu estudar porque a madr... o padrinho dessa menina é o cunhado da Maria José, um pouco mais velho, que era médico solteirão, o Dr. Augusto. Então, ao morrer, como ele era padrinho, deixou, conseguiu deixar dinheiro pra menina.

T – Sei.

D – Então, foi assim que ela fez aquela menina estudar. Até a menina tem uma pensão. Parece que a filha não. Mas a filha dela é completamente diferente.

T – Ahn.

D – Dá um trabalho danado. Casou com um engenheiro mais velho, atormenta a Maria José. E a outra, essa não. Aí depois, quando ela namorou um rapaz, um colega do colégio, engenheiro, família muito boa, pai engenheiro e tudo e, (...). No dia do noivado o pai do noivo disse, tava todo bonito, ele pegou uma menina pra criar e: "Agora que você vai entrar na nossa família, vai participar da nossa família, eu vou hoje adotar uma criança, eu queria que você também desse sua opinião." Ela, essa que a Maria José criou, então ela disse: "Eu, eu sou a primeira a ser a favor porque eu também sou filha adotiva."

T – Sei.

D – "Aí então agora mais do que nunca eu te quero mais bem porque você usou de toda a franqueza."

V – Cê viu a tartaruga aqui?

X – (...)

V – Ah, levou você para ver, né?

D – Mas vive como Deus e os anjos. Mas a Maria José quando morreu o marido dela, ela passou certas dificuldades, fazia tricô para fora e trabalhava para ganhar dinheiro, né? E essa moça casou-se, o marido é engenheiro, ganha muito bem, né? Começou a ganhar bem e tudo. Todo mês, quem

T – que ajudava a mãe era ela. Quando o marido trazia o dinheiro, primeiro cheque pra ela. A outra, a filha legítima, só ia pra tirar. Mas, todo mês, chequinho da filha da da filha adotiva. Mas foi uma bênção do céu. Agora, agora ela tem uma afilhada lá no emprego do, onde trabalha o marido. E ela tá ganhando (...).
T – (risos) Ah! Ah!
D – Agora. Agora a filha não precisa mais ajudá-la porque ela teve um aumento muito grande no ordenado. Ela disse: "Agora você não precisa mais me dar nada."
A filha, pouco tempo depois de casar, teve um menino, a filha adotiva. Então agora a Maria José tem caderneta de poupança em conjunto com essa filha adotiva, não com a outra.
X – Cê viu papai?
C – Ahn? Seu pai? Pensei que fosse a Maria Clara falando. Tá lá na cozinha.
T – 'Brigada!
X – Eu tenho, eu tenho...
C – É de borracha?
X – É de borracha.
T – Ah, é de borracha? 'xeu vê, 'xeu vê!
X – Cheira procê vê!
T – Hum! Que bonito! Eu achei que era mas (...) na minha mão, eu fiquei em dúvida. Deixa eu ver outro que tem. Ah, batom, também é borracha? Hum! Mas não põe na boca, né? Bonito né, minha filha?
X – Eu tenho sorvete.
T – Sorvete também?
D – (...) Mãe é quem cria, não é mesmo?

EXEMPLO 2

Situação de espera

Conversa de entretenimento

Local: ônibus interurbano
Participantes: A ⎤ professoras primárias, trabalham na
 B ⎦ mesma escola

(...)
A – Ela [*a filha*] põe uma roupa de manhã, ela põe outra na hora do almoço, outra de noite. E uma roupa que eu lavo dela é muito mais do que a nossa. E não é roupa que vem suja, é só roupa usada. Ela põe muito perfume.
B – E ela não repete a roupa?
A – Não, não, ela usa, usa e joga, usa e joga. Sabe que a roupa que a N lava pra mim, eu passo a semana inteirinha com uma, uma roupa em casa e uma à tarde.
B – ⌈Eu já vi.
A – ⌊Cê já viu?
B – Eu já vi.
A – ⌈Cê pode notar.
B – ⌊Mas a gente aprendeu a ser econômica.
A – ... à tarde eu tomo banho, ponho uma roupa de sair, ⌈depois ponho aquela...
B – ⌊A gente aprendeu a ser econômica, fazer (...)
A – Claro.
A – Eu tenho lavadeira e passadeira né, né? A N deixa a roupa pra eu lavar porque, viu, eu ponho a roupa na máquina, sabe essas roupas que só (...) então eu deixo bater, eu vou lá, tiro e enxáguo.
B – Ahn.
A – Ponho outras roupas.
B – Pra aproveitar.

A – Se precisar bater mais eu rodo a máquina, deixo bater mais. E daí deixo... E sabonete? Se ela vai tomar banho e tem um pedaço, ela vai lá armarinho e pega outro. (...) Quantas vezes eu faço isso. Nessa semana abri um, tinha três pedaços de sabonete lá. Fui lá, peguei aquele e guardei. Tá lá até (...)

EXEMPLO 3

Situação de espera

Conversa de entretenimento

Local: ponto de ônibus
Participantes: A e B (desconhecidas)

A – Cê tem horas aí?
B – Não. A senhora sabe a hora do ônibus?
A – Não. Parece que 20 pras 7 tem um.
B – Ih! Acho que inda são 6 h 20.
A – Ah, não, deve ser mais.
    (...)
    Quando a gente tem pressa, parece que é pior.
B – É.
A – Cê tá indo pra aula?
B – Eu já dei aula. Tô voltando.
A – Ah, tá voltando.
    (pausa)
A – Inda bem que refrescou um pouquinho.
B – É, esse ventinho...
    (pausa)
B – Aqui só passa um ônibus?
A – É, só um, o Boa Espe... Aquele que vem do Boa Esperança. Lá pra cima, logo aí, passa uma porção.
B – Ah, perto da farmácia?

A – Não, duas esquinas pra cima daqui.
  Cê sobe não a primeira, a segunda rua, aquela que tem a ponte, sabe?
B – Ahn.
A – Tem vários. Tem da Vila São Quirino, Santana, tem o Cambuí 1. É perto mas a rua é escura por causa das árvores. Se não, eu já teria ido mas eu tenho medo.
B – (sorrisos).
A – É, acho que perdi o das 6, o das 10 pras 7... é o ônibus?
B – O quê?
A – É o ônibus que vem vindo?
B – Não.
A – Eu tô sem óculos. Vejo só umas luzinhas.

A construção da conversa

Continuaremos nossa exposição a partir de dois diálogos, analisados separadamente e postos em confronto. Trata-se do diálogo 1 (numa situação de contato familiar, uma conversa para reafirmar liame familiar), em que vários membros de uma família estão reunidos em torno de um velho álbum de retratos, e do diálogo 2 (numa situação de espera, uma conversa de entretenimento), em que duas professoras primárias preenchem o tempo conversando, numa viagem de ônibus no trajeto escola-casa. Esclarecemos aqui que dizer que o diálogo 1 se enquadra num tipo de conversa para reafirmar um liame familiar não é uma afirmação rígida mas sim uma interpretação nossa, baseada apenas numa primeira observação das conversas quotidianas, e com a qual elaboramos uma tipologia exploratória que nos dá um percurso orientador à exposição da análise. Com a mesma ressalva é que afirmamos enquadrar-se o diálogo 2 num tipo de conversa que serve para entreter.

Utilizaremos os atos de fala para analisar, em primeiro lugar, o que os interlocutores "fazem ao falar". Mostrando-se, no entanto, a teoria dos atos de fala insuficiente para nos fazer compreender o que significa conversar, buscaremos outro caminho que nos responda como se dá o processo de significação na conversa e como se constitui a sociedade nesse processo de significação.

No diálogo 1, 87% dos atos de fala marcam diferentes posições dos interlocutores, o que coloca este diálogo entre aqueles nos quais o locutor toma a palavra para daí realizar vários atos de fala. Para ilustrar, tomemos a passagem em que um locutor (C) encadeia pergunta, comentário e resposta, instado por uma pergunta que lhe fora dirigida:

X – Cê viu papai?
C – Ahn? Seu pai? Pensei que fosse a Maria Clara falando. Tá lá na cozinha.

Essa relação entre atos e posições dos interlocutores é até mais acentuada no diálogo 2, em que apenas 81% dos atos de fala marcam novas tomadas de palavra, o que significa aqui não necessariamente que o locutor realize mais atos de fala por vez mas que seja freqüente a realização de dois atos encadeados, o que ocorre neste exemplo em que o locutor B pergunta e A, por sua vez, não só responde como também narra:

B — E ela não repete a roupa?
A — Não, não, ela usa, usa e joga, usa e joga. Sabe que a roupa que a N lava pra mim, eu passo a semana inteirinha com uma, uma roupa em casa e uma à tarde.

Percebemos assim, no primeiro exemplo, um locutor que se explica, hesita e finalmente responde; no segundo, um locutor que não se limita à questão para também comentá-la. Uma observação geral acerca dos diálogos analisados vai nos mostrar que, ainda que seja bem constante o par pergunta-resposta, a conversa será realizada através de um encadeamento de atos que vão desde esse par bem comportado (pergunta-resposta) até a ordem que provoca riso, passando por um comentário que suscita um convite ou por uma sugestão que provoca outra ou mesmo por um cumprimento como este abaixo, retirado de um outro diálogo, que acrescenta exclamações e comentário a um cumprimento formal:

— Olha! Como vai? Nem conheci! Tudo bom? Tô ficando velha já.

A conversa na sociedade, com seus modelos que passam muito além de pergunta-resposta, justificativa-desculpa, cumprimento-cumprimento, ordem-assentimento, permitirá que se comente uma pergunta antes de fornecer uma resposta ou até mesmo para substituí-la; permitirá que se furte a um cumprimento indesejado, que se questione uma ordem, que se repita uma questão, etc.

O que ocorre, então, no desenrolar de uma conversa não é um encadeamento linear dos atos de fala mas a realização de atos sociais, e com uma organização própria ao social; o sentido do quotidiano.

Por esse sentido, a conversa alimenta o quotidiano e é alimentada por ele. Como constitutiva do quotidiano, a conversa imprimirá a ele o seu aspecto de *ato social* e fará com que a situação seja uma de suas condições de funcionamento.

Na direção inversa, de constituição da conversa pelo quotidiano, este imprimirá àquela os modelos que ela normalmente lhe imprime – o seu *aspecto de repetibilidade* – e fará com que mecanismos lingüísticos determinados façam parte de suas condições de funcionamento.

Nesse sentido é que elementos da superfície textual, que poderíamos perceber apenas como "regularidades lingüísticas", são na verdade ditados pelo quotidiano, social e historicamente marcado.

Voltando nossa atenção mais uma vez para os diálogos tomados aqui como exemplificação de nossa análise, podemos observar que, quanto a um levantamento acerca dos atos mais utilizados, temos no diálogo 1: pergunta, enumeração, assentimento, narração e comentário.

Observamos que quatro tipos (pergunta, assentimento, narração e comentário) correspondem aos atos que geralmente mais aparecem nos diálogos, numa contagem global; apenas atos de enumeração constituem um elemento novo, cujo aparecimento talvez se explique pela situação empírica na qual se encontram os interlocutores: em torno de um álbum de retratos. Podemos observar também que, dentre os atos mais freqüentes, estranhamente não aparecem respostas, o que supomos se deva ao modelo de conversa, que – voltamos a insistir nisso – vai se atualizando a cada momento da própria conversa. Nesse caso, podemos afirmar que o diálogo 1 apresenta menos respostas do que normalmente há e mais enumeração por causa das regras do jogo que se estabelecem durante a conversa: o lúdico, que rege toda conversa, aí entrecruzou dados de tipo de conversa, situação imaginária e situação empírica, interlocutores – e, com isso, construiu suas regras.

Se queremos nos aprofundar na significação da conversa, se queremos buscar o processo de produção dos discursos, temos de nos deter com mais cuidado ainda na "superfície discursiva" e, para isso, propomos de início um levantamento dos assuntos tratados nos diálogos:

diálogo 1: álbum de retratos, parentes vivos e mortos, considerações sobre vida familiar, casos de desconhecidos (a propósito dos assuntos abordados);
diálogo 2: gastos exagerados da filha com sabão e sabonete.

Interessa-nos notar que no diálogo 2, A, simultaneamente a narrar os gastos da filha, fala de seu quotidiano; na sua orientação argumentativa, contudo, predomina a narrativa básica; tanto é assim que, ao nos informar que guarda as sobras de sabonete, conclui sobre o esbanjamento da filha – que é o seu tema narrativo – e não sobre sua própria economia, como poderíamos esperar caso acreditássemos numa seqüencialidade temática linear, atitude que, aliás, é a da sua interlocutora.

Apesar da heterogeneidade da formação discursiva manifestada entre A e B, isso não as impede de conversar: enquanto B, timidamente, tenta introduzir sem sucesso o tema da economia, do aprendizado da poupança, A discorre sobre o caráter pródigo de sua filha e imprime a direção argumentativa dominante à conversa. A apreensão da heterogeneidade de formação discursiva e da direção argumentativa só se dá por ultrapassarmos a análise baseada em atos de fala com uma em que a observação seja acerca das práticas sociais realizadas por conversas.

No caso 1, a reafirmação do liame familiar numa visita não corriqueira e numa situação empírica específica (o que por si só já proporciona alguns temas) vai suscitar um modelo de conversa muito diverso do que ocorre no caso 2, em que a conversa se presta, dia após dia, a preencher o tempo de uma viagem, sempre entre os mesmos locutores. O encadeamento dos temas ou a univocidade deles ou mesmo o fato de se saltar de um tema a outro, tudo isso é revelador, na observação das práticas sociais.

No que se refere a marcas formais mais evidentes, temos:

– no diálogo 2:
  a) muita repetição léxica
  Ex.:

  A – Ela põe uma roupa de manhã, ela põe outra na hora do almoço, outra de noite.
  ou
  A – Não, não, ela usa, usa e joga, usa e joga.

b) explicitação, por um dos interlocutores, do tema secundário da conversa
Ex.:

> B – Mas a gente aprendeu a ser econômica.
> ou
> B – Pra aproveitar.

– no diálogo 1:
a) papel da anfitriã (V) marcado por ela e pelos visitantes
Ex.:

> D – Como aqui é sossegado, né?
> V – Depois nós vamos ver a casa.
> ou
> V – Cê viu a tartaruga aqui?
> X – (...)
> V – Ah, levou você pra ver, né?

b) referência implícita compartilhada
Ex.:

> V – Esse é que tinha grande *lá*, né, N?
> T – É.
> B – Ahn?
> V – *Lá* tinha uma fotografia grande, comprida.

c) jogo entre passado e presente
Ex.:

> T – E aqui é o Walter de Filhinha. E Elisinha de Titide.
> B – E onde ela está?

ou

B – Antigamente tinha tudo com com com caixinha de música.
T – É. Mamãe tinha uma caixa de música bonita, né?
B – Ah, é, aquela, aquilo hoje valia um dinheirão.
V – Sabe quem que tem uma igualzinha? É João Valim. Igualzinha àquela de mamãe. João Valim. Eu desconfio até que é a mesma.

d) discurso direto
Ex.:

T – Mas o A não dava nenhuma palavra. F: "É porcaria, é porcaria." "Sei que é", mas ela bateu o pé e casou. E não teve filhos. Depois quando pegou o menino, então ela falou pro R: "Como é que você quer que chame?" "A foi a única pessoa que não me maltratou."

e) discurso indireto livre
Ex.:

B – Ela não queria que ele se casasse.
T – Não queria porque ele era horrível, era isso, era aquilo.

f) clichês
Ex.:

D – Mas vive como Deus e os anjos (...) Todo mês, quem que ajudava a mãe era ela. Quando o marido trazia o dinheiro, primeiro cheque pra ela. (...) Mas, todo mês, chequinho da filha da da filha adotiva.

ou

D – Mãe é quem cria, não é mesmo?

g) tendência a romancear
Ex.:

D – No dia do noivado, o pai do noivo disse, tava todo bonito, ele pegou uma menina pra criar e: "Agora que você vai entrar na nossa família, (...) eu vou hoje adotar uma criança, eu queria que você também desse sua opinião."
Ela, essa que a Maria José criou, então ela disse: "Eu, eu sou a primeira a ser a favor porque eu também sou filha adotiva."
T – Sei.
D – "Aí então agora mais do que nunca eu te quero mais bem porque você usou de toda a franqueza."

Obs.: Cabe notar aqui que a tendência a romancear manifesta-se não só nos discursos diretos mas também nos elementos da narrativa: o dia do noivado, o casamento com um homem bom e bem empregado, o cheque mensal reservado cuidadosamente para a mãe, a herança do padrinho, etc.

h) reforço da argumentação pretendida, através de elementos supra-segmentais
Ex.:

D – Você sabe que eu tenho uma vizinha, uma senhora já (...) e ela casou-se com um homem 30 anos mais velho (...)

(A filha) Dá um trabalho danado. Casou com um engenheiro *mais velho* (com ênfase), atormenta a Maria José. E a outra, essa não.

Aí depois, quando ela namorou um rapaz, um colega de colégio, *engenheiro* (com ênfase), família muito boa, pai *engenheiro* (novamente com ênfase) e tudo (...).

O jogo que se estabelece nas conversas, parcialmente observável através das marcas formais, constrói o Quotidiano da Conversa: a familiaridade (expressa pelas referências implícitas compartilhadas e pelo cruzamento entre passado e presente); a cessão de lugar à "voz do outro" (pelos discursos direto e indireto livre); o senso-comum (pela tendência a romancear e pelos clichês); o desejo da persuasão (pelo uso de elementos supra-segmentais reforçadores); a explicação do papel do anfitrião (que se não domina a conversa é como se "dominasse" o ambiente quotidiano no qual ela se dá); os mecanismos "miméticos" (pela repetição lexical exagerada reproduzindo os gestos rotineiros do quotidiano).

Assim, diversos traços da sociedade se constituem através da conversa. Pensemos agora em como e por que se constitui certo traço específico – o laço social da familiaridade entre os sujeitos –, traço que nos dará pistas para tratar de constituição dos interlocutores, de conhecimento compartilhado, de recursos à construção de um efeito de memória.

A construção da familiaridade

Num discurso coloquial qualquer, a familiaridade se dá ao se recorrer aos modelos de conversa; são estes os responsáveis pelos dados retomados pelos interlocutores, operação necessária para seguir adiante numa conversa (cf. p. 36). Então, o que se divide numa conversa e, assim, torna possível a progressão e o movimento do diálogo são os modelos de conversa.

Já num discurso coloquial familiar (entendido aqui como aquele que se dá no seio de uma família ou entre amigos), há mais do que isso: o que se divide são também certas referências comuns. O pré-construído manifesta-se aqui de dois modos: através dos modelos de conversa e através de fatos, anteriormente vividos em comum pelos sujeitos, os quais justamente lhes conferem o traço de uma familiaridade explícita. Além daquilo que proviria do modelo de conversa, portanto, haveria elementos "palpáveis" de união entre os locutores, perceptíveis no nível textual: os fatos do passado revividos (porque vividos em comum) podem conferir ao texto aparente obscuridade da conversa a quem não viveu o mesmo passado ou dele não se inteirou através de outras conversas, outras convivências; pode ocorrer o uso de elementos que tomam o valor de dêiticos na medida em que a situação à qual remetem se torna presente pela ação transformadora da conversa.

Essa familiaridade – que é efeito de uma relação especial com o pré-construído – pode ocorrer, obviamente, também entre amigos, ou entre desconhecidos que "percebem" que algo os une além da situação de conversa em que se encontram (a profissão, por exemplo, ou um interesse ou um amigo em comum).

O que importa observar é que, no discurso familiar, há referências de uma partilha independente da conversa, enquanto, no discurso não familiar, o traço da familiaridade é função da própria conversa. Nos dois casos, entretanto, a conversa revela-se transformadora: traz para uma outra dimensão os sujeitos e as situações passadas, atualiza-os (é o que faz no primeiro tipo de discurso) e vai tecendo como conhecimento compartilhado dados que se revelam durante a conversa (no segundo caso).

Se, por qualquer razão, num discurso entre desconhecidos, estes não construírem logo de início suas referências a partilhar, pode-se criar a necessidade de garantir a coerência do diálogo através da explicitação de certos trechos do discurso.

Observemos como se dá a explicitação dos fundamentos da conversa no diálogo 3 (numa situação de espera, uma conversa de entretenimento), em que duas desconhecidas estão aguardando um coletivo numa parada de ônibus:

A – Cê tem horas aí?
B – Não. A senhora sabe a hora do ônibus?

Neste caso, B, ao perguntar de volta, procura dar um sentido (relativo à situação) à pergunta de A: há a necessidade de o locutor B explicitar que conclui algo "coerente" acerca do que levou seu interlocutor a se manifestar daquele modo.

Nos outros dois exemplos abaixo, retirados do mesmo diálogo, é o próprio A quem vai justificar suas enunciações ao crer, talvez, que B possa considerá-las incoerentes:

B – Aqui só passa um ônibus?
A – É só um (...) Lá em cima, logo aí, passa uma porção (...) Tem (...) É perto mas a rua é escura por causa das árvores. Se não, eu já teria ido mas eu tenho medo.

Neste caso, A explicita para B a razão de usar aquele determinado ponto de ônibus e não outro que ela mesma considera melhor, conforme afirma no próprio enunciado.

No caso abaixo, A igualmente vai se justificar, agora por causa de uma pergunta que faz:

A – (...) é o ônibus?
B – O quê?
A – É o ônibus que vem vindo?
B – Não.
A – Eu tô sem óculos. Vejo só umas luzinhas.

Num discurso entre desconhecidos, o "fantasma da incoerência" parece rondar mais de perto fazendo com que os locutores sintam a necessidade de se apoiar em elementos situacionais e de explicitá-los. O que os locutores vão fazer é usar mais os elementos da situação na estruturação de sua conversa, a fim de produzirem um "efeito de memória".

Contudo, mais ou menos intensamente, a familiaridade sempre *se produz* nas conversas, e isso seja pelos recursos aos modelos de conversa (filiação de memória), seja pelas referências comuns (transformação dos amigos e familiares em interlocutores daquela conversa específica que retoma situações vividas em comum), seja mesmo pela construção textual imaginária de um efeito de memória.

Exporemos a seguir, do diálogo 3, um exemplo do que conseguiríamos obter a partir dos atos de fala em confronto com a perspectiva da Análise do Discurso que aqui assumimos.

Levando-se em conta os atos de fala mais freqüentes no diálogo 3, temos: pergunta, resposta, comentário e assentimento. Diferentemente do diálogo 2 (em que ocorre mesmo tipo de conversa, numa situação também de espera), ocorre mais assentimento e pouca narração.

A hipótese mais evidente e que, entretanto, não se sustenta é a de que os interlocutores são desconhecidos entre si e a conversa não é costumeira – pois seriam estes os dados distintos do diálogo 3 em relação ao 2. Ora, sabemos que não importa para o tipo de conversa que se instala o fato de se conhecerem ou não os interlocutores, assim como não importa o fato de ser ou não costumeira a conversa, já que há sempre a retomada (efeito do pré-construído) de dados da memória.

Assim, a distinção entre discurso mais familiar ou menos familiar, entre situação costumeira ou não, modifica apenas os atos de fala e não o tipo de conversa que aí se realiza. Os atos vão somente refletir essas condições em que a conversa é produzida e não provocar determinado tipo de conversa. Os atos de fala, já afirmamos anteriormente, serão traços de um entrecruzamento de condições de produção. Quanto ao tipo de conversa, esta tem seus modelos em outro lugar, na história da conversa.

Vemos assim que, ainda que o referente, no discurso do quotidiano, vá se construindo durante o próprio discurso, a progressão se dá pois ela pertence à história da conversa. Pode até mesmo ocorrer de cada um dos interlocutores construir sentidos diferentes, o que se constata, por exemplo, pelo fato de se imprimir diferentes direções argumentativas à conversa (como é o caso do diálogo 2 entre as duas professoras primárias); ocorre também com freqüência que as rupturas textuais sejam muito freqüentes – e, no entanto, existe algo na conversa que sustenta a relação entre os interlocutores: com tudo isso, a conversa continua. Ao buscar seus modelos na história da conversa, ela confere coerência ao discurso, não aquela coerência linear, que se exige de um texto, mas uma coerência possível para algo que é um processo, e que além do mais transita entre modelos memorizados e a dispersão permitida, entre a "doxa" e os paradoxos.

Conclusão

O percurso

Nosso percurso de estudo partiu de uma consideração que se pôde extrair da Teoria dos Atos da Fala: a de que, no discurso quotidiano, a atuação específica dos atos de fala é um dos elementos que o delineiam como prática social. Através da revisão de certos conceitos e de um posicionamento que se inscreve na Análise do Discurso de linha francesa – a saber, que a estruturação da sociedade se dá pelo modo que ela tem de significar – chegamos à conclusão de que a *conversa do quotidiano* é fato lingüístico fundamental desse modo de significar da construção do social.

Para tanto, relativizamos os conceitos de domínio da língua e da consciência lingüística do sujeito, reconhecendo, contudo, uma sistematicidade do discurso do quotidiano que o torna até certo ponto previsível ou, pelo menos, analisável; consideramos a enunciação como reconstrutora do processo discursivo, na formulação e demonstração das regularidades discursivas de sua organização; baseamo-nos em Foucault para levarmos em conta não o tema de um discurso mas o *saber*, "aquilo de que podemos falar em uma prática discursiva" e que, na perspectiva da Análise do Discurso, constitui o que, não dito, significa e o que, dito, não nos revela; enfim, sustentamos que a produção do discurso oral quotidiano, desse "narrável e argumentável" do dia-a-dia, carrega traços dos gestos repetidos pela rotina diária, e assim é que, em certo momento, ousamos afirmar quase que tautologicamente que a produção do discurso do quotidiano se dá pelo próprio quotidiano, sem esquecer que a própria noção de quotidiano não é tomada como um dado apriorístico.

O quotidiano constrói-se por uma cenografia que se dá pela relação necessária da *conversa* – cujos modelos não se submetem a um encadeamento estruturado nem de atos de fala nem de temas – com o *lúdico* – estabelecimento de regras que não são definidas nem pelo direcionamento do objeto discursivo nem pela disputa pela referência, mas pela instalação de regras do jogo que proporcionam um encontro particular da situação imaginária com a situação empírica e os interlocutores. Constrói-se o quotidiano, então, por uma união de gestos diários e "mimese discursiva".

Chegamos assim basicamente à seguinte formulação: na construção do quotidiano pela dêixis discursiva, ou seja, pelo social imaginado no discurso, tomam outra dimensão as noções de situação e de conversa: a situação social é o que se instaura por essa dêixis discursiva, por essa formação imaginária do social, ao passo que a conversa definida discursivamente é o que se estrutura no cumprimento de funções sociais, é o que se dá como atos também sociais.

A conversa vai se construindo na mesma proporção em que vai se produzindo o efeito da familiaridade entre os interlocutores: pelo pré-construído e pela explicitação de uma "coerência subjacente", ou seja, tanto pela memória quanto pela produção de um efeito de memória; nos dois casos, sempre por uma *retomada* de dados de memória.

O trecho abaixo, extraído de uma conversa entre duas senhoras amigas, exemplifica bem que a retomada importa para que se crie um efeito de memória, sustentáculo da conversa, seja essa retomada de fatos discursivos ou não:

A – Eu falei pra senhora que o menininho veio me ver, né?
B – Falou.
A – É. Eu gostei muito.
B – Sílvio?
A – É, Sílvio não. Lúcio Fernando.
B – Ele que é Roberto, né?
A – O pai é que é Roberto.
B – (...)
A – É, a senhora contou.
A – Ele foi delicado também. Também a gente ajudou. Podia não ter vindo, mas ele veio na mesma hora.
Coitadinho, né?... Imagina, né?
B – É.
A – Cortar a perna...
B – Já pensou?
A – Com aquela idade!
B – Onde já se viu, Dr. X também não?
A – É, fé no médico todo o mundo tem, né, Dona B?
B – Não pode.

A – (...)
B – Mas ele devia mandar ir num especialista, né?
A – Pois é.
B – Antes de fazer um...
A – Foi um engano.
A – Já morreu o Dr. X? [pergunta A, sabedora do fato].
B – Já, morreu de desastre.

Para a produção do traço da familiaridade, para a construção do *consenso*, a conversa vai transformar o novo em repetido (em *memória*) ao mesmo tempo em que ela mesma depende do repetido para criar o novo (o *acontecimento*). É esse seu traço característico: a circularidade, seu percurso fechado entre o novo e o repetido, o outro e o mesmo, o acontecimento e a memória.

Revisões teóricas

Algumas observações de ordem teórica impõem-se no momento da conclusão deste estudo acerca do discurso do quotidiano.

A teoria dos atos de fala, que nos foi de valia no encaminhamento que demos à consideração dos atos sociais como constitutivos de práticas discursivas, sofre aqui um deslocamento na medida em que essa teoria afirma poder explicitar a relação entre falar e agir, entre conversar e interagir ou qualquer relação possível entre palavra e mundo. Em nossa perspectiva, o que observamos é que os atos funcionam, eles próprios, como gestos simbólicos na construção da conversa quotidiana que é, ela sim, uma prática discursiva, ou seja, o espaço do funcionamento concomitante de aspectos textuais e sociais.

Outra revisão teórica a que procedemos constou da relativização, em seus alcances, tanto do uso de teorias da conversação quanto dos trabalhos sobre coerência, por compreendermos que a situação se inscreve na conversa de modo diferente de sua inscrição no texto conforme estudada por essas teorias: a progressão textual (de que dão conta os estudos sobre coerência), quando leva em consideração a situação, o faz em relação à inscrição desta como marca textual; no caso da progressão discursiva, importa o modo pelo qual a situação se inscreve no funcionamento discursivo, como ela passa de exterioridade enquanto tal (que pode ou não ser marcada textualmente através de dêiticos) para um fato que atua na constituição da conversa, que a encaminha e que a transforma.

A conversa e o social

Havíamos considerado intuitivamente a conversa como a motriz das interações sociais. E, de fato, pela análise das diversas situações de conversa quotidiana, pudemos concluir que ela é o lugar de transformações, com tamanho poder que age a partir do que poderíamos considerar forças "reacionárias": a história da conversa e a memória social.

A força transformadora da conversa quotidiana não é reservada a grandes momentos "históricos revolucionários", mas se dá no dia-a-dia. Afinal, *conversar* é *converter*, é redimensionar, pela dinamização do passado e da memória, o *quotidiano*.

Nesse processo dinâmico, a conversa vai construindo essa grande "instituição" que é o social. Sendo constitutiva do social, a conversa se coloca como normatizadora, porém não no sentido de imposição de uma rigidez de normas. Como o "real" do quotidiano está no nível do *acontecimento* e não de uma instituição, tratando-se, portanto, de um "real" que se reorganiza a todo o momento, com base nos trajetos sociais dos quais ele irrompe, o lúdico desempenha um papel essencial em sua constituição.

Também concebemos, a partir de uma noção intuitiva de conversa como protótipo dos discursos, ser ela o lugar de apreensão de necessidades pragmáticas e que, nesse sentido, só seria apreendida por um conceito como o de *ato, social e historicamente marcado pelo quotidiano* (e não pelo de ato de fala, que é apenas o produto disso).

Pela análise concebemos uma memória lingüístico-social, a história da conversa, que constrói, pela linguagem, o relacionamento quotidiano, segundo já nos fora indicado pela própria etimologia da palavra *conversar: conviver*, encontrar-se habitualmente com outras pessoas, repetir o gesto de viver junto. O que se pode concluir daí é que, para a continuidade dos discursos do quotidiano, não importa a progressão textual mas a evolução da progressão da relação lingüístico-social entre as pessoas que conversam.

A conversa presentifica o ritual de memória no sentido em que se pode falar novamente o mesmo sem que isso pareça mera repetição. O sujeito, na conversa, ganha nova dimensão pelo *mesmo* da memória: o já-dito, o repetido (memória) alia-se ao já-conhecido, ao velho (história da conversa) para, juntos, redimensionarem a relação entre as pessoas.

Seria este o funcionamento da conversa: há um engate, um *embrayeur* marcado pela historicidade e pelo passado; após esse situar-se em relação à memória, há um desengate e aí é que entra a ação transformadora do lúdico. Afinal, é a conversa o lugar do quotidiano onde os fatos reclamam seu sentido *de todo o momento*. Como nos mostra Pêcheux, todo discurso marca a possibilidade de uma desestruturação – reestruturação das redes de memória e dos trajetos sociais, já que, por sua própria constituição, o discurso é, ao mesmo tempo, um efeito das filiações de memória e um deslocamento no seu espaço.

Também para chegarmos à conclusão de que o quotidiano é construído pela linguagem, podemos nos basear nos estudos de Maurice Halbwachs sobre a memória, nos quais ele sustenta que nossas lembranças mais remotas não chegam a ultrapassar o limite antes do qual não tínhamos ainda consciência do meio familiar. Diz ele textualmente: "não nos recordamos de nossa primeira infância porque nossas impressões não se podem relacionar com esteio nenhum, já que ainda não somos um ente social"[1]. Através de sua obra *A memória coletiva*, Halbwachs vai mostrar que o grupo social tem como objetivo perpetuar as imagens e os sentimentos que são a substância de seu pensamento e como, nesse ponto, age a memória coletiva apresentando ao grupo uma visão de si mesmo, de modo que este se reconhece na sucessão das lembranças apresentadas.

A memória é colocada, por isso, nas palavras de Ecléa Bosi[2], como *trabalho*. E aqui relembramos Angenot, que relaciona discurso social à produção social da individualidade (englobando as doutrinas e suas variações) a partir de um conjunto do que é dizível num certo momento histórico de uma dada sociedade.

Diríamos, então, tecendo esses conceitos, que a memória é, para nós, *construção do grupo*. E mais: de nossa perspectiva, a da construção do efeito do quotidiano pela linguagem, a história da conversa (o saber conversar memorizado) vai construir o relacionamento dia a dia, nas mais diversas situações.

Considerações finais

Por pensarmos prioritariamente na relação da Conversa com o Social, não desenvolvemos nesta tese o modo pelo qual a Conversa institui uma certa forma de sujeito. Numa observação descompromissada (por não ter sido objeto de nosso estudo), pudemos perceber que a Conversa teria modalidades diferentes indicando diferentes formas de sua apropriação pelo sujeito, como se houvesse um modo "mais adequado" e um modo "menos adequado" de conversar, isto é, um modo no qual o sujeito se assume como sujeito daquele conversar e outro no qual ele parece estar apenas cumprindo um ritual social.

Um estudo como esse que simplesmente apontamos poderia nos levar a perceber a constituição do sujeito do discurso quotidiano (o *causeur*), ao passo que o nosso, aqui desenvolvido, encaminhou-nos para a elucidação do modo de a situação se constituir na conversa.

Nosso enfoque levou-nos a duas considerações, de alcances metodológicos diferentes. Primeiramente pudemos perceber o discurso do quotidiano como resistência da língua (apesar de suas variações, pois estas nem sequer chegam a alterar seu estatuto) a uma codificação artificial dada pela gramática. Tal constatação foi possível pela percepção de que, sendo o discurso quotidiano regido pelo lúdico que se modifica na situação, *reformulável por sua vez durante a conversa*, o real do quotidiano é outro, é um real, diria Pêcheux, "estranho à univocidade lógica" e que seria falado por um saber "que não se transmite, não se aprende, não se ensina e que, no entanto, existe produzindo efeitos"[3]. Para aprender a conversar não é preciso ir à escola.

A segunda consideração provém justamente da concepção que gira em torno da inscrição da situação na Conversa. Concluímos que, se conferimos à situação uma força diferente daquela que lhe é conferida por teorias textuais, deve haver, paralelamente à ruptura do texto em relação ao estudo da frase, uma ruptura do estudo da conversa em relação ao estudo do texto. Se, no primeiro caso, a ruptura deu-se por diferença de instrumental, agora se dá por diferença de *processo*. É a diferença no processo de introdução da situação que vai conferir aos estudos da Análise do Discurso do Quotidiano um estatuto diferenciado. É também isso que vai fazer com que mereça um lugar nos estudos lingüísticos a discussão sobre a conversa e que só disciplinas que levam em conta o *acontecimento* no estudo da linguagem poderão ter a conversa como seu objeto.

No caso específico, a Análise do Discurso deverá funcionar para construir um modelo diferente, diferente porque não servirá para tratar de algo institucionalizado mas para mostrar como o funcionamento do discurso do quotidiano conserva em sua produção algo que se vê em outros domínios (o autoritarismo, o moralismo, o didatismo, a cientificidade, etc.). Além do mais, deverá tratar do traço sempre presente da oralidade do discurso quotidiano na produção que traz de volta traços de outros domínios. Na conversa, tomam forma mecanismos do senso comum que sustentam o quotidiano e, deste modo, o senso comum é produtor do quotidiano.

E gostaríamos aqui de dizer, na esteira de Pêcheux, que, do mesmo modo que o sujeito pragmático busca no Estado e em suas instituições as respostas às coisas-a-saber, o sujeito do "saber do quotidiano" busca suas respostas no senso comum, que pode até ser uma reconstituição a partir de dados das instituições, mas que preserva sua dimensão própria na medida em que será ele o responsável pela significação e, portanto, pela constituição do social. Dizendo de outro modo, no acontecimento o senso comum seria sustentado na memória do dizer, naquilo que está inscrito em nossa memória discursiva.

Assim, não podemos concordar com Maffesoli[4], que acredita que no presente da vida quotidiana nasça um sentido de tipo prático, que não se permite projeções pois não cria normas nem valores aos quais a comunicação se ajuste; que não põe em relevo necessidades "superiores" para que por essas se lute politicamente. Para ele, o sentido emergente do quotidiano é tão ambíguo que pode até ser considerado não emergente.

Ora, não acreditamos numa ambigüidade essencial do discurso quotidiano; sendo acontecimento, a conversa não obedece, é bem verdade, à lógica estável normatizada institucionalmente mas "segue" certa "normatividade" do senso comum (e, concomitantemente, é a responsável por imprimir essa tal normatividade ao senso comum – reflexividade característica do ato de conversar). É por "seguir" um real não logicamente estável que é possível à conversa ser não só descrita mas também interpretada.

Este objeto descritível e interpretável, reflexo de um real "estranho à univocidade lógica" mas normatizado pelo senso comum, que é falado por um saber que não é transmitido mas provém de "filiações históricas" – enfim, a conversa, estável e transformadora – não seria este o melhor objeto para uma Análise do Discurso?

Notas

Introdução

1. PÊCHEUX, M. & FUCHS, C. "A propósito da análise automática do discurso: atualização e perspectivas". *In*: GADET, F. e HAK, T. (org.) *Por uma análise automática do discurso*. Campinas, Editora da UNICAMP, 1990, pp. 163-246.

Capítulo 1

1. DURANTI, A. & OCHS, E. Left-Dislocation Italian Conversation. *In*: *Syntax and Semantics* (v. 12). Nova York, Academic Press, 1979.
2. KOCH, I. G. V. et alii. "Aspectos do processamento do fluxo de informação no discurso oral dialogado". *In*: CASTILHO, A. T. (org.) *Gramática do português falado* (v. I). Campinas, UNICAMP/FAPESP, 1990.
3. PARRET, H. "L'énonciation en tant que déictisation et modalisation". *In*: *Langages 70*. Paris, Didier-Larousse, junho de 1983.
4. Arquivo, segundo J. M. Marandin, é o "conjunto de regiões heterogêneas de enunciados produzidos por práticas discursivas irredutíveis". *Apud*: MAINGUENEAU, D. *Nouvelles tendances*, p. 85.
5. GUILHAUMOU, J. & MALDIDIER, D. "Coordination et discours 'Du pain et X' à l'époque de la Révolution Française". *Apud*: ROBIN,

R. *Le discours social et ses usages. Cahiers de recherche sociologique* (v. 2, n. 1). Quebec, Universidade de Quebec, abril de 1984.
6. MARANDIN, J. M. "A propos de la notion de thème de discours. Éléments d'analyse dans le récit". *In*: *Langue française 78*. Paris, Larousse, maio de 1988, pp. 67-87.
7. MOESCHLER, J. *Argumentation et conversation: éléments pour une analyse pragmatique du discours*. Paris, Hatier, 1985.
8. FOUCAULT, M. *A arqueologia do saber*. 2. ed. Rio de Janeiro, Forense-Universitária, 1986, pp. 206-207.
9. Id. ibid., p. 207.
10. ANGENOT, M. "Le discours social: problématique d'ensemble". *In*: ROBIN, R. *Op. cit.,* pp. 19-44.

Capítulo 2

1. Estamos aqui usando a tipologia proposta por Eni Orlandi (*A linguagem e seu funcionamento*, pp. 9, 22, 74 e 142) que toma como base a relação dos interlocutores entre si e com o objeto do discurso.
2. MAINGUENEAU, D. *Nouvelles tendances en analyse du discours*. Paris, Hachette, 1987, pp. 28-29.
3. MAINGUENEAU, D. *Genèses du discours*. Bruxelas, P. Mardaga, 1984, cap. 5.
4. FOUCAULT, M. *A arqueologia do saber*, cap. "A formação dos objetos".
5. MAINGUENEAU, D. *Genèses du discours,* p. 154.
6. FOUCAULT, M. *A arqueologia do saber*, p. 55.
7. ANGENOT, M. "Le discours social: problématique d'ensemble". *In:* ROBIN, R. *Le discours social et ses usages*, pp. 19-44.
8. BOURDIER. *Esquisse d'une théorie de la pratique*. *Apud*: ANGENOT, M. *op. cit.* pp. 22-23.
9. Eni Orlandi em seu artigo "Sobre tipologia de discurso" distingue as marcas das propriedades do discurso, as marcas referindo-se à organização discursiva (esquema gramatical) e as propriedades à totalidade do discurso e a sua relação com a exterioridade. (*In*: *A linguagem e seu funcionamento*. São Paulo, Brasiliense, 1983, pp. 210-211).
10. PÊCHEUX, Michel. *O discurso: estrutura ou acontecimento*. Trad. Eni P. Orlandi. Campinas, Pontes, 1990, caps. II e III.

11. NASCENTES, Antenor. *Dicionário etimológico resumido*. Rio de Janeiro, INL/MEC, 1966.
12. MACHADO, José Pedro. *Dicionário etimológico da língua portuguesa*. Lisboa, Confluência, 1954.

Capítulo 3

1. PARRET, H. "La mise en discours en tant que déictisation et modalisation". *In*: *Langages 70*. Paris, Larousse, 1983, p. 83.
2. CORRÊA, M. L. Gonçalves. *As vozes prementes*. Campinas, UNICAMP, 1989, pp. 79-85.

Capítulo 4

1. SEARLE, J. R. *A Classification of Illocutionary Act*. *Apud*: SCHLIEBEN-LANGE, B. *Linguistica pragmatica*. Bolonha, Il Mulino, 1980.
2. SBISÀ, M. (org.) *Gli atti linguistici*. Milão, Feltrinelli, 1978.

Conclusão

1. HALBWACHS, Maurice. *A memória coletiva*. São Paulo, Vértice/Revista dos Tribunais, 1990, p. 38.
2. BOSI, Ecléa. *Memória e sociedade: lembranças de velhos*. São Paulo, T. A. Queiroz, 1979.
3. PÊCHEUX, Michel. *O discurso: estrutura ou acontecimento*. Campinas, Pontes, 1990, p. 43.
4. M. Maffesoli, diretor do Centro de Estudos sobre o atual e o quotidiano, na Sorbonne.

Bibliografia

AUSTIN, John L. *Quand dire c'est faire*. Paris, Seuil, 1970.
BENVENISTE, Émile. *Problèmes de linguistique génerale I e II*. Paris, Gallimard, 1966 e 1974.
BOSI, Ecléa. *Memória e sociedade: lembranças de velhos*. São Paulo, T. A. Queiroz, 1979.
CORRÊA, M. L. Gonçalves. *As vozes prementes*. Campinas, Unicamp, 1989.
COURTINE, Jean Jacques. "Définition d'orientation théorique et construction de procédures en Analyse du Discours". *In*: *Philosophiques* (v. IX n. 2). Paris, outubro de 1982.
DUCROT, Oswald. *Princípios de semântica lingüística*. São Paulo, Cultrix, 1977.
FOUCAULT, Michel. *A arqueologia do saber*. 2ª ed., Rio de Janeiro, Forense-Universitária, 1986.
—————. *L'ordre du discours*. Paris, Gallimard, 1971.
GADET, Françoise & HAK, Tony (org.) *Por uma análise automática do discurso: uma introdução à obra de Michel Pêcheux*. Campinas, Unicamp, 1990.
HALBWACHS, Maurice. *A memória coletiva*. São Paulo, Vértice/Revista dos Tribunais, 1990.
HENRY, Paul. *Le mauvais outil: langue, sujet et discours*. Paris, Klincksieck, 1977.
KOCH, Ingedore G. V. *et alii*. "Aspectos do processamento do fluxo de informação no discurso oral dialogado". *In*: CASTILHO, A. T. (org.) *Gramática do português falado* (v. I.). Campinas, Unicamp/Fapesp, 1990.

MAFFESOLI, M. *La conquista del presente. Per una sociologia della vita quotidiana*. Roma, Ianua, 1983.

MAINGUENEAU, Dominique. *Genèses du discours*. Bruxelas, Mardaga, 1984.

—————. *Initiation aux méthodes de l'analyse du discours*. Paris, Hachette, 1976.

—————. *Nouvelles tendances en analyse du discours*. Paris, Hachette, 1987.

MARANDIN, Jean-Marie. "A propos de la notion de thème de discours. Éléments d'analyse dans le récit". *In: Langue française 78*. Paris, Larousse, 1988, pp. 67-87.

MOESCHLER, Jacques. *Argumentation et conversation: éléments pour une analyse pragmatique du discours*. Paris, Hatier, 1985.

ORLANDI, Eni. P. *A linguagem e seu funcionamento*. São Paulo, Brasiliense, 1983.

PARRET, Herman. "L'enonciation en tant que déictisation et modalisation". *In: Langages 70*. Paris, Larousse, junho de 1983.

PÊCHEUX, Michel. *O discurso: estrutura ou acontecimento*. Campinas, Pontes, 1990.

—————. *Semântica e discurso: uma crítica à afirmação do óbvio*. Campinas, Unicamp, 1988.

REBOUL, Oliver. *Langage et idéologie*. Paris, P.U.F., 1980.

ROBIN, Régine (org.) "Le discours social et ses usages". *In: Cahiers de recherche sociologique* (v. 2, n. 1). Quebec, Universidade de Quebec, abril de 1984.

SBISÀ, Marina (org.) *Gli atti linguistici*. Milão, Feltrinelli, 1978.

SCHLIEBEN-LANGE, Brigitte. *Linguistica pragmatica*. Bolonha, Il Mulino, 1980.

SEARLE, John R. *Les actes du langage*. Paris, Hermann, 1972.

SYNTAX AND SEMANTICS (v. 12). Nova York, Academic Press, 1979.

IMPRESSÃO E ACABAMENTO

YANGRAF

GRÁFICA E EDITORA LTDA.
TEL/FAX.: (011) 218-1788
RUA: COM. GIL PINHEIRO 137